हमारी कहानियां

धर्मेन्द्र मूलवानी

Copyright © Dharmendra Moolwani
All Rights Reserved.

यह पुस्तक हृदयस्पर्शी कहानियों का संग्रह है। सभी कहानियों की पृष्ठभूमि लेखक के यथार्थ और अनुभव पर आधारित है। कहानियां महज रोचक एवं प्रेरक ही नहीं, अपितु वर्तमान समाज की वास्तविक परिस्थितियों का चित्रण भी है। कहानियों के पाठन से ही यह एहसास होने लगता है कि यह हमारे आस पास समाज का ही कोई किरदार है। पुस्तक में संकलित कहानियां अलग अलग परिदृश्यों को दर्शाती है।

साथ ही भाषा भी काफी सरल, स्पष्ट एवं आम बोलचाल सी प्रतीत होती है। प्रस्तुत पुस्तक में कहानियों का संकलन, टंकण बेहद मेहनत के साथ किया गया है। इसमें कोई त्रुटि अथवा सुधार की गुजाइंश मात्र भी हो तो आप सभी के सुझाव स्वागतयोग्य है। हमें पूर्ण विश्वास है कि पुस्तक का यह प्रथम संस्करण आप सभी की अपेक्षाओं के अनुरूप ही सिद्ध होगा। आप सभी की उज्जवल एवं सफल भविष्य की कामनाओं

सहित....

प्रस्तुत पुस्तक के लेखक धर्मेन्द्र मूलवानी है। लेखक विगत दस वर्षों से लेखन का कार्य कर रहे हैं। इनके कई लेख एवं कहानियां विभिन्न समाचार पत्र एवं पत्रिकाओं में प्रकाशित हो चुके हैं। सामाजिक क्षेत्र से भी लेखक जुड़े हुए है। साथ ही नाट्य कला का भी अनुभव रखते है। समय समय पर अभिनय कला का प्रदर्शन विभिन्न माध्यमों से प्रस्तुत करते रहते हैं। प्रस्तुत पुस्तक लेखक की कहानियों का प्रथम संग्रह है।

क्रम-सूची

1

लाडली बेटी हेमल

मम्मी बताती थी कि जब मेरा जन्म हुआ तो पूरे घर में ख़ुशी और जश्न का माहौल था। मेरी पहली किलकारी के साथ ही सारा घर-परिवार खुशियों-उमंगों से झूम उठा। मैं मेरे घर-परिवार में पहली संतान थी और इकलौती भी। मेरा कोई भाई-बहिन नहीं हुआ, शायद ऊपर वाले की यही इच्छा थी। इस कारण से मम्मी-पापा की मैं इकलौती और लाडली बेटी बन गई। मम्मी-पापा ने मुझे बड़े नाजों-प्यार से पाला। हर खुशी मुझे दी। बचपन में मिलने वाली हर सुविधा और खुशी मुझे मिली। कभी किसी चीज की कोई कमी नहीं रही। मैं अपने मम्मी-पापा की बेटी भी थी और बेटा भी।

मेरे पैदा होने के बाद से ही पापा का कारोबार दिनों-दिन बढ़ता गया और पापा ने बड़ा कारोबार खड़ा कर दिया। उनका मानना था कि मेरे पांव उनके आंगन में पड़ते ही उनका भाग्य चमका। घर-परिवार व कारोबार में सुख-समद्धि और तरक्की होने लगी। मेरा आना सभी के लिए शुभ रहा।

बचपन की किलकारियों और अटखेलियों के संग आगे बढ़ती हुई मैनें स्कूल में कदम रखा। सभी सुख-सुविधाएं होने के कारण पढ़ाई में मुझे कभी भी कोई परेशानी नहीं आई। मेरे मम्मी-पापा ने मेरा आगे बढ़ने में हमेशा साथ दिया। उनके द्वारा दिये गये संस्कारों, आदर्शों और ज्ञान का ही नतीजा था कि मैं पढ़ाई में भी हमेशा अव्वल रही। मेरी पढ़ाई

बी.ए. तक हुई। घर-परिवार, स्कूल- कॉलेज और समाज- रिश्तेदारी में हर जगह मुझे भरपूर मान-सम्मान मिलता। पापा की दी हुई हर सीख मेरा मार्गदर्शन का काम करती। मेरी मम्मी एक अच्छी गृहिणी होने के साथ-साथ आदर्शवान और संस्कारी महिला थी। उनकी सोच, समझ और व्यावहारिक बातों ने मुझे हमेशा निखारा और आगे बढ़ाया। उनके यह गुण मुझे विरासत में मिले। मम्मी की बताई हर छोटी-छोटी बात को सुनती और समझती। वह हमेशा कहती कि सर्व-गुण सम्पन्न महिला आज वही है जो अपने घर-परिवार को अच्छे से सम्भाल ले। मैं मम्मी की इस बात का ईशारा समझ जाती कि वह मेरे विवाह करने की तैयारी में है। मैं हमेशा घर की इज्जत, मान-मर्यादा बनाये रखने में विश्वास रखती इसलिए जैसा मम्मी कहती वैसा मान लेती। क्यों कि यह सही भी है कि हम लड़कियों को अपना घर-बार छोड़कर पराये घर जाना होता है। एक नया जीवन शुरू करना होता है। मैंने कभी भी मेरे कारण से मम्मी-पापा और परिवार को शर्मिन्दा नहीं होने दिया। हमेशा उनके नाम को ऊंचा रखा। मैं उनकी इकलौती संतान थी उनका बेटी और बेटा, मैं ही थी। इसलिए मेरी पूरी जिम्मेदारी थी कि मैं उनके नाम को हमेशा ऊंचा बनाये रखूं।

और वह दिन आ ही गया जिसका हर लड़की और उसके परिवार वालों को इंतजार होता है, विवाह का दिन। सामाजिक रीति-रिवाजों का मैं हमेशा से सम्मान करती। धूम-धाम से अपने सामर्थ्य के अनुसार मम्मी-पापा ने मेरा विवाह कर मुझे विदा किया। मम्मी की बताई बातें मेरे कानों में गूंज रही थी। मुझे अब अपना नया जीवन अपने पति के घर मतलब अपने नये घर में शुरू करना था।

जैसा कि सभी के साथ होता है मेरे साथ भी होता। बार-बार पीहर की याद, अपने मम्मी-पापा की याद आना। ससुराल में मायके की बार-बार आती याद आंखे भिगों देती थी। लेकिन मम्मी-पापा की लाडली अपने स्वभाव व गुणों के बल पर जल्द ही ससुराल में रम गई और अपना विवाहित पारिवारिक जीवन बिताने लगी। समय बीतते देर नहीं लगती, और मेरी गोद भराई का दिन भी आ गया।

मैं बहुत खुश थी, मेरी ख़ुशी आसमान की ऊंचाईयों को छु रही थी और हो भी क्यों ना मैं मां जो बनने वाली थी। यह क्षण हर लड़की के जीवन का सबसे सुखद अहसास होता है। मुझे भी बहुत ख़ुशी थी कि मैं भी मां बनूंगी। मेरी भी गोद में कोई किलकारी भरेगा। इस समय मुझे मम्मी की बताई एक बात याद आ रही थी। वो कहती थी कि ''बेटी तेरे जनम लेने पर, तेरी पहली किलकारी सुनते ही नौ महिने कोख में रखने की दर्द-पीड़ा एक पल में ही फुर हो गई, मानों खुशियों का मरहम लग गया हो।'' बस अब मुझे भी मां बनने के अहसास से गुजरना था। मेरे जीवन का सबसे सुखद पल आने वाला था।

पर.......ऐसा हो ना सका। नियति को नहीं पर कुछ लोगों को यह मंजूर नहीं था। मैं जिस परिवार में इतने समय से रह रही थी उनकी सोच और मानसिकता का मुझे कभी भी पता नहीं चल सका और जब पता चला तो मेरे पैरों के नीचे से जमीन खिसक गई।जब मेरे पति, सास-ससुर ने मेरे होने वाले बच्चे के भ्रूण लिंग जांच के लिए कहा। यह सुनते ही मेरा मन सकपका गया। मेरा रोम-रोम सिहरने लगा। मेरा नारी अस्तित्व मानो धूमिल सा होता नजर आया। मैंने अपने आप को जैसे-तैसे सम्भाला। मन ही मन में अपने मम्मी-पापा और ऊपर वाले को याद किया। अपने आप को हिम्मत बंधाते हुए मजबूत किया। सभी को बहुत समझाया, मिन्नते की, गिड़गिड़ाई पर उनके सामने मेरी एक भी ना चली। वे तो अपनी गंदी सोच को दिमाग में बिठाये अपने हठ पर अडिग थे। ऐसा लग रहा था जैसे वे अब इंसान नहीं शैतान बन चुके हो। मैं विवश थी, मजबूर हो गई थी। मुझे कोई हल नजर नहीं आ रहा था। कही से कोई उम्मीद की किरण भी नहीं दिख रही थी जैसे सारे रास्ते बन्द हो चुके थे। मुझे डर लग रहा था कि आखिर आगे होगा क्या?

एक दिन सुबह-सुबह मेरे ससुराल वाले मुझे जबरन किसी बन्दी की तरह एक जांच केन्द्र में ले गए। मुझे जांच के लिए अन्दर लेकर गए। मेरा दिल-दिमाग बार-बार यही कह रहा था कि अब क्या होगा? मुझमे थोड़ी बहुत ही हिम्मत थी बस जो हो रहा था वह सिर्फ दिख रहा था, मेरा कोई नियंत्रण नहीं था। मैं असहाय, बेसूध सी ही थी।

थोड़ी देर बाद मेरे पति की आवाज आई – "पेट में लड़की है, गिरा दो" बस यह सुनना था कि अचानक मेरे अन्दर की ममता भरी ज्वाला फूट पड़ी और मैं चिल्लाने लगी, मेरी बेटी को कुछ मत करो, उसे मत मारो, उसे इस दुनिया में आने दो। मेरा यह रूप देखकर मेरे ससुराल वाले भी सोच में पड़ गए पर मेरी शारीरिक शक्ति भी सीमित ही थी। वह अपनी शैतानी सोच से कहा पीछे हटने वाले थे। उन्होंने अपना नाजायज बल आजमाते हुए अपने कुकृत्यों को अंजाम दे ही दिया। मेरी होने वाली बेटी को मार दिया। मेरे पहली बार मां बनने के सुख को भी मुझसे छीन लिया। मेरी सारी दुनिया ही उजाड़ दी। अब मेरे पास अपना कहने को कुछ भी नहीं रह गया। मेरी बेटी नहीं रही। मेरे पति और ससुराल वाले भी अब मेरे अपने नहीं रहे। वे सभी मेरी बेटी के कातिल है, गुनहगार है। अब कहने-सुनने को कुछ नहीं रहा।

मेरे पापा-मम्मी को ससुराल वालों ने दुर्घटना के कारण बच्चा गिर जाने का झूठा बहाना बताकर शांत कर दिया। मैं भी इन दरिन्दों के बीच रहकर मम्मी पापा को क्या बता पाती। इनकी हां में हां मिलाने की मजबूरी हो गई थी। मैं कुछ दिनों तक बेसुध पड़ी रहीं। मेरी बेटी के बारे में याद कर रो-रोकर बुरा हाल हो जाता। किसी काम-काज में भी मन नहीं लगता। एक दिन कहीं से मेरे कानों तक यह बात पहुंची कि मेरे पति और ससुराल वाले शायद मेरा भी खात्मा कर देना चाहते है। क्यों और कब, मुझे इसका अंदाजा नहीं हो पा रहा था। मैंने जैसे तैसे अपने आप को सम्भाला और हिम्मत जुटाई। मैं बेमन से ही सही रोज की दिनचर्या में अपने को ढालने लगी जिससे ससुराल वालों को सब-कुछ सामान्य लगे और मुझे घर के आस-पड़ौस में आने-जाने का मौका मिल सके।

और एक दिन मुझे मौका मिल ही गया। मैं उन दरिन्दों के घर से बच निकलकर अपने मायके आ गई। मैंने अपने पापा-मम्मी को अपनी आपबीती सुनाई। यह सुनकर उनका भी दिल कांप गया। मुझे सकुशल देखकर उनकी आंखे भर आई और मम्मी मेरे से लिपटकर बहुत रोने लगी। मैंने मम्मी से कहा कि मैं अब उन बेरहम हत्यारों के घर नहीं जाउंगी जिन्होंने मेरी अजन्मी बेटी को कोख में ही मार डाला। अब मैं उन्हें सजा दिलवाकर ही दम लूंगी। मेरी मां ने रोते हुए कहा "तू अपनी

बेटी को तो उन दरिन्दों से नहीं बचा पाई पर, मैं तो अपनी बेटी को उन दरिन्दों से बचा सकती हूं, तू अब हमेशा मेरे साथ मेरे पास ही रहेगी।''

हमने मेरी बेटी के हत्यारें दरिन्दों के खिलाफ कानूनी कार्रवाई की। कानूनी पड़ताल में पता चला कि मेरे ससुराल वालों को यह अंदेशा था कि मैं दुबारा कभी मां नहीं बन सकती इसी वजह से वह मुझे भी मार डालना चाहते थे। आखिरकार लम्बी कानूनी लड़ाई के बाद हमारी जीत हुई। मेरी बेटी के हत्यारों को जेल की सलाखों के पीछे जाना पड़ा।

कानूनी लड़ाई के दौरान ही मैंने वकालत की भी पढ़ाई की। मेरे मम्मी-पापा का हमेशा की तरह इस बार भी पूरा साथ और सहयोग दिया। वे हर पल, हर दिन हमेशा की तरह मजबूती से मेरे साथ खड़े रहे। कानून की पढ़ाई पूरी कर मैंने वकालत की डिग्री हासिल की। मैं वकील बन गई। मैंने अपनी लड़ाई जीत ली। अब मैं मेरे जैसी ही पीड़ित और जरूरतमन्द महिलाओं की मदद करने का काम करती हूँ। उनकी कानूनी और सामाजिक लड़ाई में उनको मजबूती प्रदान करती हूं। यह तो संघर्ष की शुरुआत भर है अभी तो बहुत आगे जाना है। मुझे अपने मम्मी-पापा पर नाज है जिन्होंने मेरा हर स्थिति में हमेशा साथ दिया। मैं उनके नाम को ऐसे ही आगे बढ़ाती रहूंगी क्योंकि मैं हूं उनकी लाडली बेटी-हेमल।

2

बस... मैं जिन्दा हूं

मैं आसमान की ऊंचाईयों को छूना चाहती थी। मैं भी पंछियों की तरह उड़ना चाहती थी। अपनी उमंगों और तरंगों की ऊर्जा के साथ खुद को साबित करना चाहती थी। हर लड़की की तरह मेरा भी सपना था कि मैं बड़ा मुकाम हासिल कर अपने पापा-मम्मी और परिवार का नाम रोशन करूं। लेकिन, कभी-कभी हम जो सोचते हैं वो होता नहीं और कभी-कभी वो हो जाता है जो हम कभी भी सोचते नहीं। और फिर जीवन में भू-चाल सा आ जाता है।

मैंने स्कूल की पढ़ाई पूरी कर एमबीए कालेज में दाखिला लिया। अच्छे नम्बर आने के कारण से मुझे प्रतिष्ठित कालेज में प्रथम बार में ही आसानी से एडमिशन मिल गया। इस कालेज में जाना मेरा सपना भी था। मैं अपनी पढ़ाई के साथ-साथ घर के काम-काज में मम्मी का साथ भी देती थी क्यों कि मुझे अपनी सभी जिम्मेदारियों को निभाते हुए आगे बढ़ना अच्छा लगता था। पापा-मम्मी ने पढ़ाई के लिए हमेशा ही सहयोग दिया और हर सुविधा मुझे दी। मेरे पापा की प्राईवेट जाब थी, मम्मी एक अच्छी गृहिणी और मेरा छोटा भाई जो कि मुझसे छः साल छोटा था, सभी हमेशा मेरे आगे बढ़ने में अपना भरपूर सहयोग देते।

स्कूल की पढ़ाई से अलग का कॉलेज की दिनचर्या काफी व्यस्त होती थी। आगे बढ़ने का जज्बा और अपने को साबित करने के सपने संजोए मैं मन लगाकर पढ़ाई करती। कभी-कभी ग्रुप डिस्कशन या नोट्स बनाने

में समय का पता ही नहीं चलता, इस कारण घर पहुचंने में भी काफी देर हो जाती। घर पर सभी को चिंता होने लगती। मम्मी-पापा मुझे सीधे तौर पर कुछ भी नहीं बोलते थे पर मैं उनके चेहरे की शिकन और भावों को देखकर अंदाजा लगा लेती थी। और यही कारण था कि मैं कॉलेज से घर देरी से आने की सूचना मम्मी-पापा को मोबाइल से दे दिया करती। फिर भी जब तक मैं घर पर नहीं पहुंचती थी उनको चिंता लगी रहती। मेरा छोटा भाई उनकी चिंताओं को अपनी हरकतों से दूर करने में लगा रहता और मेरे आने पर मुझे सब कुछ बता देता। इसलिए मैं यह सब जान पाती। मैं हमेशा कोशिश करती कि देर रात होने से पहले ही समय से घर पर पहुंच जाउं। समय बीतता गया, कॉलेज की व्यस्तता में कब एक साल पूरा हो गया पता ही नहीं चला, इस एक साल में अब जाकर दिनचर्या सामान्य रूप में चलने लगी थी। मम्मी-पापा भी निश्चिन्त हो गये थे। कॉलेज से कभी-कभार देर हो जाने पर पापा-मम्मी ज्यादा परेशान नहीं दिखते थे।

मैं धीरे-धीरे अपने सपनो को पूरा करने की दिशा में आगे बढ़ रही थी। कॉलेज के पहले साल में ही मुझे अच्छे अंक हासिल हुए। कॉलेज में होने वाली कई प्रतियोगिताओं में हिस्सा लेती और बहुत सी प्रतियोगिताओं में पुरस्कार भी जीतती। मेरी इन छोटी-छोटी उपलब्धियों से मम्मी-पापा, भाई सभी बहुत खुश होते और मुझे आगे बढ़ने के लिए प्रोत्साहित करते। यह मेरे लिए खुशी और गर्व की बात थी कि मैं अपने मुकाम को हासिल करने की दिशा में बढ़ती जा रही थी और मेरे परिवार वाले हमेशा की तरह मेरे साथ मजबूती से खडे थे। समाज में आगे बढ़ने और अपने आप को साबित करने के लिए परिवार वालों का साथ और समर्थन होना बहुत जरूरी होता है।

समय चक्र अपनी गति से चलता जा रहा था। मैं अपनी उमंगों और तरंगों को दोगुना करते हुए पूरी उर्जा के साथ अपने उद्देश्य की पूर्ति में लगी रहती। घर के काम-काज और जिम्मेदारियों को भी बखूबी निभाती। ऐसा लग रहा था मानों वह मुकाम बस मुझे हासिल होने ही वाला है, मैं भी अपने पैरों पर खड़ी होकर समाज में अपना और परिवार का नाम रोशन करूंगी। मैं भी यह दिखाना चाहती थी कि हम लड़कियां

भी किसी से कम नहीं। मैं अकेली नहीं, मेरे पापा-मम्मी और परिवारजन हमेशा मेरे साथ है। मेरी उम्मीदों को पंख लग गये थे और मैं एक पंछी की तरह उड़ान भरने को तैयार थी पर...।

पर कभी-कभी हम जो सोचते हैं वो होता नहीं और कभी-कभी वो हो जाता है जो हम कभी भी सोचते नहीं। और फिर जीवन में भू-चाल सा आ जाता है।

एक दिन कॉलेज के बाद सहेली के जन्मदिन की पार्टी पर उसके घर जाना पड़ा। मम्मी को पार्टी के बारे में पता था। पार्टी में थोड़ी देर हो जाने के कारण मैं ऑटो रिक्शा से घर के लिए रवाना हुई। इसकी सूचना मैंने फोन से घर पर मम्मी को दे दी। रात के लगभग दस बज चुके थे। घर पहुंचने में अभी दस-पन्द्रह मिनट का समय और लगने वाला था कि अचानक से ही ऑटो रिक्शा खराब होकर बन्द हो गया। ऑटो वाले ने बहुत कोशिश की पर ऑटो स्टार्ट नहीं हो पाया। ऑटो वाले को किराया देकर मैं ऑटो से उतर गई। घर थोड़ी ही दूर होने के कारण मैंने पैदल ही जाने का तय किया। मेन रोड से थोड़ा सा आगे चलकर घर की तरफ जाने वाली गली में से पैदल ही चलने लगी। उस दिन माहौल कुछ अलग और अजीब सा लग रहा था। इस समय तक हमेशा चहल-पहल रहने वाली गली कुछ सुनसान सी थी। मन में थोड़ी घबराहट सी हो रही थी। पर अपने आप को हिम्मत बंधातें हुए चलती जा रही थी कि घर थोड़ी दूर ही तो है। चलते-चलते ऐसा लगा मानों कोई दबे पांव मेरे पीछे आ रहा हो। अचानक रूक कर पीछे देखा तो कोई भी नजर नहीं आया। मन में घबराहट बढ़ने लगी थी, हमेशा चलह-पहल वाली गली आज ही सुनसान क्यों हैं? और यह कौन हो सकता है जिसके दबे पावों की आहट, मुझे बैचेन कर रही थी। यह सोचते हुए आगे चलते हुए विचार आया कि घर पर फोन कर पापा को बता देती हूं। पापा से बात करने के लिए जैसे ही फोन उठाया ही था कि बस मेरी जिन्दगी में भूचाल आ गया.......।

अचानक से तीन दरिन्दों ने अपना सम्पूर्ण शारीरिक बल आजमाते हुए मुझे उठाकर ऑटो रिक्शा में डालकर सुनसान जगह ले गये और मेरे जीवन में एक काला अध्याय लिख दिया। वे सब भाग गये, उनमें से एक वही ऑटो रिक्शा वाला भी था। दरिन्दों ने मेरा शरीर नोच लिया था। अब

ये शरीर मेरा नहीं रहा। मेरे नारी अस्तित्व को धूमिल कर दिया गया। मेरे साथ ही ऐसा क्यों हुआ? मेरे घर वालों को अब मैं क्या मुंह दिखाउंगी? मेरे सपनो का क्या होगा? ऐसा लग रहा था मानों चारों तरफ सिर्फ अंधकार ही अधंकार छा गया हो। दिल, दिमाग कुछ भी साथ नहीं दे रहा था। आज शहर को क्या हो गया था उस वक्त सब लोग कहां चले गये थे। सब कुछ खत्म सा हो गया। मेरे सपने, उम्मीदें, उमंगे, सब कुछ खत्म हो गया अब मेरा जीना भी बेकार है मुझे भी अपने आप को खत्म कर देना चाहिए। बस मैं अपने आप को खत्म करने ही वाली थी कि अचनाक से कुछ लोग वहां आ गये और मुझे तुरन्त ही अस्पताल पहुंचा दिया। सब कुछ खत्म हो चुका था पर परेशानियां नहीं। किसी ने मेरे मोबाइल से घर पर सूचना दी। अस्पताल वालों ने पुलिस को बुला लिया। मेरे मम्मी-पापा भी आ गये। मम्मी मेरे पास बैठ गई, रो-रोकर उनका बुरा हाल था। पापा की आंखे पथरा गई थी वे बेसुध ही खड़े रहे। अब आगे क्या होगा। कुछ भी समझ नहीं आ रहा था बार-बार अपने आप को खत्म करने का ख्याल आ रहा था। मेरी उम्मीदें, सपने सब पीछे छुट गये थे। ऐसा लग रहा था मानो जीवन किसी शून्य पर आकर ठहर गया हो।

पुलिस के आने के बाद ना जाने कैसे मामला प्रचारित हो गया। मेरे जीवन का काला अध्याय मीडिया की सुर्खियां बन गया। देखते ही देखते मीडिया का जमावड़ा अस्पताल के बाहर लग गया। इसके साथ ही सामाजिक संगठनों, नेताओं आदि का भी आना-जाना शुरू हो गया। आरोप-प्रत्यारोप, सरकार को कोसना, पुलिस पर लांछन, सुरक्षा की मांग और ना जाने क्या-क्या बातें होती रही। पुलिस और मीडिया के उल्टे-सीधे और अनर्गल सवालों ने मेरे घरवालों को परेशान सा कर दिया मानों मुल्जिम की जगह हम ही कठघरे में खड़े हो। हम सभी पहले से ही टूट चुके थे। इन बातों ने जख्मों पर नमक छिड़कने के जैसा ही काम किया। मैंने आत्महत्या करने की भी कोशिश की, पर मुझे बचा लिया गया। मैं ऐसी जिल्लत भरी जिन्दगी नहीं जीना चाहती थी। परेशानियां खत्म होने का नाम ही नहीं ले रही थी। मीडिया की रोजाना की सुर्खियां बनते देख मन बोझिल सा हो गया था। मेरे दिलों-दिमाग में बार-बार सवाल घुमते रहते कि हर रात चहल-पहल भरी वो गली उसी रात को सुनसान

क्यों हो गई? उस वक्त मेरी मदद के लिए कोई क्यों नहीं आया? मैं तो अपने घर जाने के लिए ही तो उस गली से जा रही थी। मेरी मजबूरी किसी को नहीं दिखी, और हर कोई अपने सवाल खड़े किये जा रहा था। सभी लोगों के इस प्रकार के रवैये ने हमे पूरी तरह से तोड़ने का ही काम किया।

उन दरिन्दों को पुलिस ने जल्द ही पकड़ लिया। वे सलाखों के पीछे चले गये। उन्हें उनके अपराध की सजा मिलेगी, लेकिन मैंने क्या अपराध किया जो मुझे ये सजा मिली। मुझे क्यों ज़िल्लत भरी नजरों से देखा जा रहा है, मेरे और मेरे घरवालों के खिलाफ ऐसे सवाल क्यों दागे जा रहें थे जिनका कोई औचित्य नहीं था। कई दिनों तक यह सिलसिला चलता रहा। कुछ ने धरना-प्रदर्शन किया और किसी ने कैंडल मार्च निकाला। लेकिन हमारा मुश्किलों भरा जीवन और भी दुश्वार सा होने लगा। हम अपने पुराने घर-मौहल्ले से दूर किसी अन्य जगह पर रहने लगे। हमारे पुराने घर-पड़ौस का माहौल हमें वहां रहने नहीं दे रहा था। लोगों की नजरें और बातें हमें इन सब चीजों से उभरने नहीं दे रहीं थी। मैं टूट चुकी थी, थक चुकी थी। मैंने अपने आप को एक कमरे की चारदीवारी में ही सीमित कर दिया। यह कमरा ही मेरा जीवन था। इसके बाहर की जिन्दगी से मेरा वास्ता टूट सा चुका था। मम्मी-पापा और भाई अपने है, पर उनसे भी नजरे नहीं मिला सकती थी। कुछ भी समझ नहीं आ रहा था। मेरे जीवन के इस काले अध्याय ने मेरा पूरा जीवन नारकीय बना कर रख दिया। साथ में परिवार वालों का भी बुरा हाल हो गया था। वे इस माहौल से काफी परेशान होने से बिल्कुल टुट चुके थे। फिर भी मेरे पापा-मम्मी हर बार की तरह मेरा साथ दे रहे थे पर अब बात कुछ अलग थी, जो कही नहीं जा सकती थी।

मेरे घरवालों ने इस घुटन भरे माहौल से हम सभी को दूर ले जाने का निश्चय किया। मम्मी-पापा का मानना था कि किसी दूसरे नये शहर, नये माहौल और नये लोगों के बीच जाने से मन कुछ हल्का हो जाये और धीरे-धीरे सब कुछ सामान्य हो जाये। हम अपना घर-बार बेचकर सब-कुछ छोड़कर बहुत दूर दूसरे शहर में आकर रहने लगे। हम अपना घर-बार और वो माहौल तो छोड़कर आ गये, पर उस दर्द और घाव से पीछा नही छुटा जो जीवन भर के लिए मुझे और मेरे परिवार वालों को मिला।

नये शहर और नये माहौल में आने से परिवार में थोड़ा बदलाव भी आया। पापा ने जल्द ही शहर में प्राईवेट जॉब करना शुरू कर दिया। मम्मी भी हमेशा की तरह अपने काम-काज और आस-पड़ौस में घुल-मिल गई। छोटे भाई ने भी नये स्कूल में जाना शुरू कर दिया। और मैं, बस वहीं ठहरी हुई थी। उसी शून्य पर। नये शहर में आने के बाद भी अपने आप को सम्भालना, पुरानी बातों और जख्मों को इतनी जल्दी भुला पाना इतना आसान नहीं था। मेरे पापा-मम्मी और भाई मुझे हमेशा समझाते कि नया शहर है, नये लोग है, नया माहौल है, बाहर निकला करो, आस-पड़ौस में बातचीत किया करो। अच्छा लगेगा। मैं बहुत जरूरी होने पर ही अपने घरवालों के साथ बेमन से ही बाहर निकलती थी।

मैं अपने अतीत से उभर नहीं पा रही थी, अब मुझमे पहले जैसी हिम्मत नहीं थी। घर की चारदीवारी ही मेरा सबकुछ हो गया था। पापा-मम्मी को मैं कैसे बताउं कि नया शहर है, नये लोग है, नया माहौल है पर मैं नया मन, नया शरीर कहां से लाउं। जो जख्म इस शरीर और मन पर लगे है वे अभी भरे नहीं हैं। उनको भरने में और कितना वक्त लगेगा पता नहीं। मेरा आने वाला कल कैसा होगा, यह तो भविष्य के गर्भ में छुपा है, लेकिन मेरा आज एक शून्य पर आकर ठहर सा गया है। आज ना कोई उमंग है, ना कोई उम्मीद है, और ना ही कोई सपना। अनिश्चितताओं से भरे कल और अन्तहीन शून्य के साथ आज बस...मैं जिन्दा हूं।

3

चप्पल बड़ी है

शहर की एक कॉलोनी के पास ही स्थित बस्ती में अपने परिवार के साथ रहता था "दीनू"। वह सीधा-साधा, सच्चा और मेहनती बच्चा था। सुबह-शाम खेलना-कूदना, घर का छोटा-मोटा काम आदि करना यही दिनचर्या भर थी उसकी।

उसकी माली हालत ज्यादा ठीक नहीं थी। उसके पास एक जोड़ी चप्पल थी जो उसके पैरो के नाप की नहीं थी वह चप्पल बड़ी थी। वह कॉलोनी के बच्चों के साथ बड़ी चप्पल पहन कर ही खेला करता था। बड़ी चप्पल पहनकर खेलने में उसे काफी परेशानी होती थी। वह ठीक से दौड़ नहीं पाता। बार-बार गिर जाता। कभी खेल में पीछे रह जाता या हार जाता। सभी बच्चें उसे चिढ़ाते और उस पर हंसते रहते। लेकिन दीनू उनका बुरा नहीं मानता। साथी बच्चें उसे, उसके पैरों के नाप की चप्पल पहनने को कहते पर वह घर की हालत को बताकर, मना कर देता।

एक बार तो उन बच्चों में से एक बच्चे ने दीनू को किसी और की चप्पल मंदिर से उठा लाने के लिए बोला। बस क्या था यह सुनकर दीनू गुस्सा हो गया और इस बात को गलत एवं अपराध बताते हुए उस बच्चे को खूब डांटा। दीनू स्वभाव से ईमानदार और खुशमिजाज होने के कारण अपनी इस चप्पल से संतुष्ट रहता। चाहे उसे अपनी इस बड़ी चप्पल के कारण कितनी ही परेशानियों या धिक्कतों का सामना करना पड़ता।

एक दिन दीनू अपनी बस्ती से आ रहा था। रास्ते में स्थित एक मन्दिर के बाहर एक बुजुर्ग व्यक्ति को परेशान होते हुए देखा। दीनू उस बुजुर्ग के पास गया और बड़ी विनम्रता से पूछा- "बाबा, क्या हुआ? आप इधर-उधर क्यां ढूंढ रहे हैं? बुजुर्ग बोला- "अरे बेटा! मेरी चप्पल नजर नहीं आ रही। मैं मन्दिर के बाहर चप्पल उतार कर मन्दिर में दर्शन करने गया था। वापस आया तो चप्पल नहीं दिख रही। लगता है कोई मेरी चप्पल चुराकर ले गया। मुझे घर जाना है। नंगे पांव चलने में मुझे काफी धिक्कत होती है।"

दीनू बोला- "बाबा, जो हुआ उसे जाने दो। आप मेरी चप्पल पहनकर आपके घर तक चलें, मैं भी आपके साथ चलता हूं। और वैसे भी मेरी चप्पल बड़ी है। आपके पैरों के नाप की ही है। पहन कर चले ताकि आपको नंगे पांव नहीं चलना पड़े।"

बुजुर्ग व्यक्ति ने दीनू की ओर देखा और थोड़ी देर सोचने के बाद, उसकी बड़ी चप्पल पहन ली और दीनू के साथ-साथ अपने घर की ओर चल दिया। रास्ते में चलते समय बुजुर्ग ने पूछाः "तुम्हारा नाम क्या है बेटा?" दीनू ने उत्तर दिया- "जी दिनेश, पर सब दीनू बुलाते हैं।"

बुजुर्ग- "तुम स्कूल जाते हो बेटा?" दीनू- "पहले जाता था, बस्ती के पास वाले स्कूल में, पर अब नहीं। पिछले साल पिताजी काफी बीमार हो गये थे, तब से बीमार ही है, घर पर ही रहते है, काम-धंधा छूट गया। घर की हालत खराब हो गई। तब से मेरा स्कूल जाना भी छूट गया। अब मेरी मां मजदूरी कर घर को चलाती है।"

बुजुर्ग- "क्या तुम्हारी दुबारा स्कूल जाने की इच्छा है?"

दीनू- इच्छा तो है पर...........।

बातचीत करते करते बुजुर्ग का घर आ गया। घर पहुंचकर उस बुजुर्ग व्यक्ति ने दीनू को रूकने के लिए कहा और अन्दर चला गया। कुछ देर बाद बुजुर्ग व्यक्ति ने बाहर आकर दीनू की चप्पल लौटाई और अपने साथ घर में रखी दीनू के पैरों की नाप की एक चप्पल दीनू को भेंट की। इस पर दीनू वह चप्पल लेने से मना करने लगा और कहा कि मेरे पास मेरी बड़ी चप्पल है। यह ही काफी है। बुजुर्ग बोला- "बेटा तुम्हारी चप्पल ही नहीं तुम्हारी सोच भी बड़ी है जो दूसरों के लिए सोचता है वह हमेशा

आगे बढ़ता है। रख लो।'' साथ ही बुजुर्ग ने दीनू को अगली सुबह स्कूल समय पर बस्ती वाले स्कूल में आने के लिए कहा। दीनू हामी भरकर बुजुर्ग से वह चप्पल लेकर अपने घर चला गया।

अगले दिन सुबह दीनू बुजुर्ग के कहे अनुसार समय पर बस्ती के पास वाले स्कूल में पहुंचा। प्रिंसिपल रूम में बुजुर्ग पहले से ही प्रिंसिपल के साथ बैठे हुए थे। वहां मौजूद प्रिंसिपल ने दीनू से कहा - ''अरे बेटा दिनेश, ये बुजुर्ग व्यक्ति सेठ द्वारकादास जी है। इन्होनें तुम्हारे बारे में मुझे सब कुछ बताया कि कल तुमने कैसे इनकी मदद की।'' आगे और कहा कि ''अब इन्होनें तुम्हारा इस स्कूल में एडमिशन करवा दिया है। तुम्हारी पढ़ाई-लिखाई और पठन सामाग्री का सारा खर्चा सेठ जी के द्वारा ही किया जावेगा।

यह सुनकर दीनू खुशी से फूला ना समाया और खुशी से झूमने लगा। बुजुर्ग व्यक्ति ने दीनू को अपने पास बुलाया और स्कूल बैग, किताबे व ड्रेस आदि देते हुए कहा ''बेटा, मन लगाकर पढ़ना और ऐसे ही आगे बढ़ते रहना। किसी भी प्रकार की कोई चिन्ता मत करना...।''

दीनू ने बुजुर्ग सेठ द्वारकादास से आशीर्वाद लिया और अपनी स्कूल सामाग्री लेकर चला गया। घर पहुंचकर उसने माता-पिता को पूरी बात बतलाई। दीनू के माता-पिता यह सुनकर काफी प्रसन्न हुए। शाम को दीनू अपनी नाप की चप्पल पहनकर अपने दोस्तों के पास खेलने के लिए गया। दीनू के सभी दोस्तों ने उसके पैरो में उसके नाप की चप्पल देखकर चप्पल के बारे में पूछा। इस पर दीनू ने अपने सभी दोस्तों को पूरी बात बताई। दीनू की बात सुनकर सभी बहुत खुश हुए। इस पर सभी दोस्त एक साथ बोल पड़े- ''वाह! दीनू, तुम्हारी बड़ी चप्पल तो बड़ी काम की निकली...।''

4
दुआएं रंग लाई

"तुम्हारी माताजी के शरीर में ब्लड की कमी है। दो यूनिट ब्लड की जरूरत है। जल्दी से ब्लड बैंक से जाकर ब्लड ले आओ।" स्लिप देते हुए डॉक्टर ने मुकेश से कहा। यह सुनते ही मुकेश घबरा गया और भारी मन से डॉक्टर से पूछा- डॉक्टर साहब, कोई चिंता वाली बात तो नहीं? डॉक्टर ने कहा- "चिंता की बात तो नहीं, पर ब्लड की सख्त जरूरत है, जल्दी जाकर समय पर ब्लड ले आओ।" मुकेश ने अपने छोटे भाई को वहीं रूकने के लिए कहा। अचानक से ब्लड की कमी की बात सुनकर मुकेश की चिंताएं बढ़ने लगी। फिर भी, खुद को संभालते हुए स्कूटर से ब्लड बैंक की ओर निकल पड़ा। ब्लड बैंक शहर के दूसरे कोने मे था। दिलो-दिमाग में उथल-पुथल, जल्दी ब्लड बैंक पहुंचने की कश्मकश के बीच मुकेश चला जा रहा था। ब्लड बैंक पहुंचकर दो यूनिट ब्लड लेकर बिना समय गवाए मुकेश हॉस्पिटल के लिए रवाना हुआ।

बार-बार आ रहे बुरे ख्याल उसे कमजोर कर रहे थे। भावुक मगर मजबूत मन वाला मुकेश खुद को दिलासा देते हुए शहर के ट्रैफिक से जूझते हुए चला जा रहा था। तभी अचानक जाम लग गया। कहीं कुछ हो न जाए, जल्दी हॉस्पिटल पहुंचना है, यह सोचते हुए जहां से भी स्कूटर के निकलने की जगह मिलती, वह आगे बढ़ने लगा। आगे निकलने की जगह ना होने से मुकेश वहीं रूक गया। तभी मुकेश की नजर थोड़ा आगे खड़े ट्रक पर पड़ी।

ट्रक के पीछे "मां की दुआएं" लिखा था। यह देखते ही मुकेश का गला भर आया और रूद्र गले से उपर वाले से कहने लगा "मां की दुआएं हमेशा बच्चों की रक्षा करती है। हे ऊपरवाले! आज यह बच्चा मां के लिए दुआ करता है। उसकी रक्षा करना..." जाम खुलते ही मुकेश हॉस्पिटल पहुंचा। स्कूटर खड़ा कर गीली आंखों को पोंछा और तुरन्त डॉक्टर को ब्लड दिया। कुछ देर बाद डाक्टर ने सब कुछ ठीक होने की बात कही। यह सुनकर मुकेश को तसल्ली हुई और राहत भरी सांस भरने के बाद अपने छोटे भाई से कहा- ऊपर वाला सबकी सुनता है। मां अब बिल्कुल ठीक है। दुआओं में ताकत होती है। हमारी दुआएं रंग लाई।

5

कुण्ठा से परे

यह बात उन दिनों की है जब मैं कक्षा सात का विद्यार्थी था। हमारी कक्षा में मैंथ्स का पीरियड खाली रहने लगा था। क्यों कि पहले वाले मैथ्स टीचर ने निजी कारणों से स्कूल छोड़ दिया था। हमारे नए मैथ्स टीचर दो दिन बाद आने वाले थे। यह हमें इसलिए पता चला था क्यों कि हमें मैंथ्स के खाली पीरियड में आने वाले अंग्रेजी के टीचर ने बताया था। हमारे नए मैंथ्स के टीचर तय हो गए थे, उनका नाम था शिशिर सिन्हा। अब यह कक्षा के सभी बच्चों के लिए उत्सुक्ता और जिज्ञासा का विषय बन गया था कि आखिर हमारे नए मैथ्स टीचर कौन है और कैसा पढ़ाते होंगे। मैं मैंथ्स में हमेशा से औसत ही रहा। इसमें होशियार नहीं था। कोशिश तो बहुत की पर कभी औसत से ज्यादा ऊपर नहीं जा सका। इसका कारण स्पष्ट तौर पर नहीं ढुंढ सका। मैंथ्स सब्जेक्ट बहुत से बच्चों के ऊपर से निकल जाता है शायद मेरे भी ऊपर से ही निकल जाता था, इसलिए यह विषय मेरे लिए टफ ही रहा। मैथ्स के टीचर जिस भी तरीके से पढ़ाते, मुझे थोड़ा सा ही समझ में आता था। लेकिन मेरा प्रयास जारी रहता, कभी औसत से कम तो कभी औसत से थोड़ा ज्यादा नंबर आ ही जाते थे। इस कारण से मैं मैंथ्स में औसत छात्र ही बना रहा। अब बस और बच्चों की तरह मुझे भी हमारे नए मैथ्स टीचर का इंतजार था। दो दिन बीत चुके थे। अब हमारे मैंथ्स के नए टीचर आने वाले थे। हमारी क्लास में मैंथ्स का चौथा (फोर्थ) पीरियड होता था। उसके बाद

इंटरवल होती थी। तीसरा पीरियड खत्म होते ही सभी बच्चों की तरह मेरी भी उत्सुकता बढ़ गई थी। सभी को नए मैंथ्स टीचर का इंतजार था।

कुछ ही पल में इंतजार खत्म हुआ और हमारे मैंथ्स के नए टीचर हमारे सामने थे। उन्हें पहली बार देखकर हम सभी थोड़ा चौंक गए थे। चौंके इसलिए थे क्यों कि वे दिखने में थोड़ा अजीब से थे, मतलब उनका चेहरा बड़ा था और वे नाटे कद के, उनकी कद काठी, शायद 5 फीट या इससे कम ही थी। सारी क्लास एकदम शांत, चुप थी। सभी उनको देखने की जगह घूर रहे थे या गौर से देख रहे थे। ऐसा इसलिए भी हो रहा था क्योंकि हमने पहले कभी, वैसा व्यक्ति देखा नहीं था। इसी बीच क्लास के दो तीन शरारती बच्चें, जैसा कि हर स्कूल, क्लास में कुछ बच्चें शरारती किस्म के होते हैं, हमारी क्लास में भी थे। उन शरारती बच्चों के मुंह से हंसी फूट पड़ी। शुक्र था कि उनकी आवाज सर के कानों तक नहीं पहुंची, वरना पहले ही दिन सर को अच्छा नहीं लगता और वे उन बच्चों को क्या पनीशमेंन्ट देते इसका अंदाजा भी नहीं था। उन शरारती बच्चों की यह हरकत जान बुझकर की गई थी जो कि मुझे बिल्कुल अच्छी नहीं लगी थी, माना कि सर दिखने में थोड़ा अजीब थे पर वे हमारे गुरूजी थे। मैं हमेशा से ही अपने सभी टीचर्स और बड़ों का सम्मान और आदर करता था। मैं केवल अपनी पढ़ाई और अन्य शैक्षणिक गतिविधियों पर ही ध्यान केन्द्रित रखता था। वैसे बड़े-बुजुर्ग और गुरू हमारे मार्गदर्शक होते हैं वे हमेशा हमें आगे बढ़ने के लिए प्रेरित करते है। इसलिए उनके प्रति ईर्ष्या भाव रखना या उनका मजाक बनाना मुझे तो बिल्कुल पसंद नहीं था। खैर शिशिर सर का पहला दिन हम सभी बच्चों के साथ परिचय करने में निकला। उन्होंने बताया था कि वे शहर की सिटी कॉलोनी में किराए से रहते थे। उनका परिवार गांव में ही निवास करता था। वे यहां शहर में अकेले ही रहते थे।

स्कूल में अगले दिन क्लास में सभी मैंथ्स के नए टीचर शिशिर जी के पीरियड का इंतजार करने लगे। तीसरे पीरियड के टीचर के जाते ही क्लास के शरारती बच्चें हमेशा की तरह अपनी शरारतों में लग गए। शिशिर सर को आने में थोड़ा समय लग रहा था। इस दौरान शरारती बच्चों में से एक बच्चे ने बंदर की एक्टिंग करना शुरू कर दी और क्लास

में जोर जोर से बंदर की आवाजें निकालने लगे। यह देखकर क्लास के सभी बच्चें भी हंसने लगे। दूसरे शरारती बच्चें ने तपाक से कहा कि ये बंदर हमारे मैथ्स के टीचर शिशिर सर है क्यों कि उनकी शकल बंदर जैसी ही लगती है। यह सुनकर क्लास ठहाकों से गुंज उठी। उन शरारती बच्चों की इस हरकत पर मुझे जरा भी हंसी नहीं आ रही थी, लेकिन जैसे ही शिशिर सर के बारे में उनको बोलते सुना, तो मुझे जोरों से गुस्सा आने लगा। इन सबके बीच शिशिर सर क्लास में आ गए, सारे बच्चें एकदम चुप हो गए थे। शिशिर सर ने शायद इस शरारत को आते वक्त सुन लिया था, उनके चेहरे के भाव सपाट थे। लेकिन उन्होंने बच्चों की इस शरारत को अनसुना करते हुए पढ़ाना शुरू किया। यह उनकी पहली क्लास थी। अपनी पहली क्लास में ही उन्होंने जिस प्रकार मैथ्स को समझाना शुरू किया, मुझे काफी सुखद आश्चर्य हुआ। क्यों कि शायद इससे पहले कभी किसी ने मैथ्स को इतने सरल तौर पर पेश नहीं किया था और उनका प्रस्तुतिकरण का तरीका मुझे हार्ड लगने वाली मैथ्स को आसान बना रहा था। वे काबिल और योग्य मैथ्स टीचर थे। धीरे धीरे उनके पढ़ाने से मेरी मैथ्स में सुधार होने लगा था। ऐसा लग रहा था मानों शिशिर सर मेरे लिए वरदान के रूप में आए हो।

लेकिन हमारी क्लास के शरारती बच्चों की शरारते और हरकते शिशिर सर के विरूद्ध दिनों दिन बढ़ती ही जा रही थी। सर के बार बार समझाने, चेतावनी देने के वाबजूद भी वे बच्चें अपनी हरकतों से बाज नहीं आते थे। वे बच्चें सर को हमेशा बंदर और चिंपाजी के व्यंग्य बनाकर, कटाक्ष के तौर पर प्रत्यक्ष व अप्रत्यक्ष तौर पर चिढ़ाने का प्रयास किया करते थे। इंटरवल हो या छुट्टी का समय, स्कूल परिसर में जहां मौका मिलता वे बच्चें शुरू हो जाते थे। शिशिर सर स्वभाव से काफी विनम्र और भावुक इंसान थे। वे किसी बच्चें पर हाथ नहीं उठाते थे। जहां तक होता चेतावनी देकर या क्लास से बाहर खड़ा कर ही पनिशमेंट दिया करते थे इसके बावजूद वे बच्चें नहीं मानते थे। मैं भी उन शरारती बच्चों को कभी कभी समझाने का प्रयास करता था। लेकिन उनके सामने मेरी एक ना चलती। वे किसी की बात को समझना नहीं चाहते थे। बच्चों की इस प्रकार की शरारतों को धीरे धीरे शिशिर सर दिल से लेने लग गए थे।

वे काफी भावुक सहृदयी थे। धीरे धीरे उनका पढ़ाने का स्तर नीचे की ओर जा रहा था। उनकी एकाग्रता भंग होने लगी थी। जिस जोश और उमंग के साथ वे पढ़ाया करते थे, वो अब नजर नहीं आ रहा था। मुझे इस बात का अंदाजा हो गया था कि उन्होंने बच्चों की बातों को दिल में गंभीरता से ले लिया था। बच्चों की बातें उनके मन में घर कर गई थी। इस कारण से उनकी उच्च श्रेणी की योग्यता, काबिलियत दबती जा रही थी। धीरे धीरे से नकारात्मकता उन पर हावी होती जा रही थी। यह स्थिति उनके लिए ठीक नहीं थी। यह सब देखकर मुझे भी अच्छा नहीं लग रहा था। मैं चाहकर भी कुछ नहीं कर पा रहा था।

एक दिन छुट्टी के समय हम क्लास से बाहर निकल रहे थे। स्कूल परिसर में ही थोड़ा आगे चलने पर मैंने देखा कि हमारे हिन्दी के टीचर रमाकांत सहाय जी, शिशिर सर से गंभीरता से बात कर थे। मैं भी थोड़ा आगे जाकर उनकी बातों को सुनने लगा। रमाकांत जी ने कहा कि "शिशिर जी पिछले कुछ दिनों से देख रहा हूं आप कुछ उदास उदास और खोए खोए से रहने लगे हैं। कोई समस्या या परेशानी है तो आप मुझे बताइए।" शिशिर सर ने कहा "ऐसी तो कोई बात नहीं। पिछले कुछ दिनों से तबियत थोड़ा ठीक नहीं रहीं, इसलिए आपको ऐसा लगा होगा।" रमाकांत जी उम्र में शिशिर से काफी बड़े और तजुर्बेकार थे, शायद इसलिए ही उन्होंने शिशिर सर की परेशानी का कारण जानना चाहा होगा। लेकिन शिशिर सर इसे टाल गए थे। फिर भी जाते जाते रमाकांत सहाय सर ने शिशिर सर को सलाह दी "आप अपना ख्याल रखिए। बच्चें तो शरारती होते है। उनकी शरारतों या बातों को हम अध्यापकों को दिल से नहीं लेना चाहिए। हमें अपने काम में मग्न रहना चाहिए। तभी हम आगे बढ़ सकते है और बच्चों को भी अच्छे से पढ़ा सकते हैं। अगर किसी बात को दिल से लगा लोगे तो, आगे बढ़ना तो दूर, रोज की दिनचर्या भी कठिन हो जाएगी। मैं यह सब आपसे इसलिए कह रहा हूं क्योंकि आप अच्छा अध्यापन कराते हैं। अपना ध्यान रखिएगा शिशिर जी, कहीं आप धीरे धीरे कुण्ठा का शिकार न हो जाए..."

रमाकांत सहाय सर की बातों को काफी गंभीरता से सुनते हुए.... व्याकुल मन से शिशिर सर अपने घर की ओर चले गए। रमाकांत सर के

द्वारा कही हुई बातों का शायद शिशिर सर सकारात्मक असर हो और वे पहले जैसे पढ़ाने लग जाए। यह सोचता हुआ मैं भी घर के लिए चलने लगा। चलते चलते मैं भी उपरवाले से दुआ करने लगा कि शिशिर सर जल्द ही ठीक हो जाए। अगले दिन से स्कूल में होली का दो दिन का अवकाश था। दो दिन की त्योंहारी छुट्टी के बाद, मुझे स्कूल जाने की जल्दी थी क्यों कि मैं यह देखना चाहता था कि शिशिर सर अब कैसे है। स्कूल जाने पर मैथ्स के पिरियड आने पर उत्सुकता और बढ़ गई थी। लेकिन अचानक देखा कि शिशिर सर की जगह दसवीं क्लास को मैथ्स पढ़ाने वाले टीचर अभिषेक जी क्लास में आए। उन्होंने बताया कि शिशिर सर नहीं आए, इसलिए उनकी जगह वे ही क्लास लेंगे। मुझे लगा शिशिर सर होली मनाने अपने गांव गए होंगे, इसलिए आज नहीं आए, शायद एक दो दिन बाद आ जाए। लेकिन चार दिनों तक लगातार शिशिर सर के नहीं आने पर मैंने अभिषेक सर से उनके इतने दिनों तक नहीं आने का कारण पूछा तब उन्होंने बताया कि 'उनकी तबियत ठीक नहीं, इसलिए वे छुट्टी पर है। और हो सकता है अब वे स्कूल शायद ही आ सके।'' अभिषेक सर का जवाब सुनकर मेरा मन बैचेने होने लगा। शिशिर सर की तबियत के बारे में सुनकर उनकी चिंता सताने लगी। उनसे मिलने के लिए मन व्याकूल होने लगा। अगले ही दिन शाम के समय मैं शिशिर सर से मिलने उनके किराए के कमरे पर पहुंचा। मैंने कमरे का दरवाजा खटखटाया, शिशिर सर ने दरवाजा खोला।

मुझे वहां देखकर उनको आश्चर्य हुआ। मुझसे सर की हालत देखी नहीं गई। उनमें पहले जैसी उमंग एवं ऊर्जा नहीं दिख रही थी। ऐसा लग रहा था कि वे एक शून्य पर आकर ठहर गए हैं, उन्होंने अपने आप को चार दीवारी तक सीमित कर दिया था। उन्होंने मुझसे धीमे से मेरे वहां आने का कारण पूछा। मैंने कहा कि "सर मुझे आपकी बहुत याद आ रहीं थी। मुझे आपसे मिलना था, आप स्कूल में भी नहीं आ रहे। मुझे आपकी चिंता हो गई थी।'' शिशिर सर ने बात को टालते हुए जवाब दिया कि 'बेटा, ऐसी कोई बात नहीं। थोड़ा तबियत नासाज चल रही है, इसलिए आराम करने के लिए छुट्टी ले रखी है।' तब मैंने कहा कि "नहीं सर, मुझे पता है। आपने स्कूल छोड़ दिया है। आप बहुत अच्छा पढ़ाते हैं,

आपके पढ़ाने का तरीका मुझे अच्छे से समझ में आने लगा था, मेरी मैथ्स कमजोर थी, आपके आने के बाद अच्छी होने लगी। आप दोबारा स्कूल आइए न...।'' शिशिर सर बोले 'नहीं बेटा। अब दोबारा स्कूल आना, संभव नहीं। शिशिर सर की परेशानी को मैं समझ सकता था, लेकिन मैं उनके लिए क्या कर सकता था यह मुझे नहीं सुझ रहा था तभी मैंने उनसे एक बात कही 'सर, एक काम कर सकते हैं। मैं रोज शाम को आपसे मैथ्स पढ़ने आपके घर आजाउं। मुझे आपसे पढ़ना है। प्लीज सर, मना मत करना।'' यह सुनकर पहले तो शिशिर सर ने कोई जवाब नहीं दिया फिर थोड़ी देर बाद बोले ''ठीक है, तुम कहते हो तो मैं तुम्हें शाम को पढ़ा दुंगा। तुम कल से आ जाना। लेकिन एक शर्त पर, तुम यह बात किसी को नहीं बताओगे।'' मैंने हामी भर दी। और वहां से चला गया। शिशिर सर के हां कहने से मेरा मन झूमने लगा। जैसे मुझे जमाने भर की सारी खुशियां मिल गई हो। शायद मेरा शिशिर सर से आत्मीय लगाव हो गया था। मैं अपनी खुशी को अपने आप में समेटे अगले दिन से तय समयनुसार शिशिर सर से पढ़ने के लिए जाने लगा।

उनसे मैथ्स का ट्यूशन लेने के बाद से मेरी मैथ्स और मजबूत होने लगी। शिशिर सर के पढ़ाने और समझाने का तरीका सबसे अलग और लाजवाब था। इस दौरान ही हमारे थर्ड यूनिट टैस्ट भी शुरू हो गए। मैथस सब्जेक्ट के पेपर की लगभग सारी तैयारी शिशिर सर के साथ ही हुई। इस बार का मैथ्स का पेपर भी आसानी से हल हो गया। यह सब शिशिर सर के कारण से ही हुआ था। ट्यूशन के दौरान मेरे और सर के बीच हंसी-मजाक, हास्य-विनोद भी हुआ करती थी। मैं उन्हें समय मिलने पर हास्य-व्यंग्य से भरपूर किस्से और चुटकले सुनाया करता। यह सब अनायास ही होता, मैं कभी भी शिशिर सर को हंसाने या खुश रखने की कोई योजना नहीं बनाता था। शायद यह सब इसलिए भी होता था क्यों कि शिशिर सर कोमल हृदय वाले सीधे, सच्चे इंसान थे। और उनके अंदर एक छोटे बच्चे जैसा भाव भी नजर आता था। इसी कारण से ही शायद वे शरारती बच्चों की बातों को भी जल्दी से ही दिल पर ले लेते थे। खैर मेरी और शिशिर सर की इस जुगलबंदी से मैंने यह महसूस किया कि शिशिर सर धीरे-धीरे कुंठाग्रस्त स्थिति से बाहर आ रहे थे। उन्होंने अपने आप

को उस सीमित दायरे से बाहर निकालना शुरू कर दिया था। उनकी यह स्थिति देखकर मुझे मन ही मन प्रसन्नता होने लगी। लेकिन वे इससे पूरी तरह से कब बाहर आएंगे यह तो भविष्य के गर्भ में ही छिपा था। मैं उनसे ट्यूशन लेने नियमित ही जाता रहा।

कुछ दिनों बाद क्लास में थर्ड यूनिट टैस्ट में प्राप्त अंकों को बतया जाने लगा। मुझे सबसे ज्यादा उत्सुकता मैथ्स के पेपर के लिए थी। हमारे मैथ्स के टीचर अभिषेक सर ने मैथ्स के अंक बताना शुरू किया। उन्होंने मैथ्स सब्जेक्ट में सबसे ज्यादा अंक लाने वाले का नाम पुकारा और सब आश्चर्य चकित हो गए क्यों कि वो नाम मेरा था तरूण। मुझे भी काफी आश्चर्य हुआ, साथ ही सबसे ज्यादा खुशी भी। मैं मन ही मन शिशिर सर को थैंक्स कहने लगा। मुझे सर ने खड़े होने के लिए कहा और बधाईयां दी। इस दौरान हमारी क्लास के शरारती बच्चों में से एक नितेश से रहा नहीं गया और वह तपाक से खड़ा होकर सर से बोला "सर इसके कभी भी मैथ्स में इतने अंक नहीं आऐ। ऐसा लगता है इसने जरूर चीटिंग की होगी। इसकी पिछली परीक्षाओं का रिजल्ट देख लें सर, इसके मैथ्स में हमेशा कम ही नंबर आऐ थे। इस बार जरूर इसने कुछ घपला किया है सर।" मैंने भी तुरन्त ही दृढ़ता से उत्तर दिया 'नहीं सर मैंने कोई चिटिंग नहीं की, यह तो मेरी मेहनत और पढ़ाई का नतीजा है। ये सब बेवजह मुझे परेशान कर रहे हैं।' तभी नितेश दुबारा बोला 'चीटिंग नहीं की तो, सच सच बताओ इतने ज्यादा अंक आखिर तुम लाए कैसे? अगर तम चीटर नहीं हो, सभी को सच बताओ'। उस समय मेरे लिए काफी उहापोह और कश्मकश वाली स्थिति हो गई थी। मैं समझ नहीं पा रहा था कि आखिर मैं क्या करूं। एक तरफ शिशिर सर का वादा था और दूसरी तरफ मेरी मेहनत पर आक्षेप लगाए जा रहे थे। इन सबके बीच मैंने परिस्थितियों को तौलते हुए और शिशिर सर से मन में माफी मांगते हुए सच बताने का फैसला लिया। मैंने अभिषेक सर को कहा- "सर मैंने मैथ्स की ट्यूशन ली थी। मैं मैथ्स की पढ़ाई के लिए मैथ्स के टीचर शिशिर सर के घर जाता था। वे बहुत अच्छा पढ़ाते है। ये उनकी मेहनत और मेरी लगन का ही नतीजा है कि आज मुझे मैथ्स में इतने अच्छे अंक हासिल हुए।" मेरी यह बात सुनकर सभी बच्चें और अभिषेक सर

भी आश्चर्यचकित हो गए। तब सर ने कहा -'तुम शिशिर सर से मैथ्स की ट्यूशन लेने जाते थे, पर तुमने कभी जिक्र भी नहीं किया। खैर यह तो अच्छी बात है।' उन्होंने सभी बच्चों को मेरी तरफ दिखाते हुए कहा- "देखा मुकेश ने कोई चीटिंग नहीं की बल्कि मेहनत से यह नंबर हासिल किए है।" यह सब सुनकर क्लास के शरारती बच्चों की तो बोलती ही बंद हो चुकी थी। अब उनके पास कहने को कुछ नहीं था।

मैंने सर से कहा 'सर! शिशिर सर बहुत अच्छा पढ़ाते हैं। उनके अध्यापन का फायदा जैसे मुझे मिला है वैसे ही सभी बच्चों को भी मिलना चाहिए। उन्हें दोबारा स्कूल में ले आइए। सर मैं जानता हू। हमारी कक्षा के कुछ बच्चों की शरारतों और कमेंट के कारण शिशिर सर को काफी दुःख हुआ और इसी कारण से उन्होंने स्कूल भी छोड़ दिया था।" अभिषेक सर ने मेरी बात पर अपनी सहमति जाहिर करते हुए कहा 'तुम ठीक कहते हो। हमें भी यहीं अंदाजा था कि कुछ शरारती बच्चों की हरकतों की वजह से एक काबिल अध्यापक को स्कूल छोड़ना पड़ा। सभी को एक अच्छा टीचर नहीं मिल पाया।' इन सभी बातों के बीच क्लास के शरारती बच्चों को भी अपनी गलती का एहसास हो गया था। वे किसी से भी नजरे नहीं मिला पा रहे थे। इतने में अभिषेक सर ने उनसे पूछा 'मुझे तुम एक बात बताओ- तुम अपनी मां से कितना प्यार करते हो? एक शरारती बच्चे नितेश ने जवाब दिया 'जी सर, बहुत। हद से ज्यादा।' सर ने कहा 'बेशक! हर कोई अपनी मां से बहुत प्यार करता है।' अब यह बताओ अगर तुम्हारी मां या किसी की मां दिखने में अच्छी ना हो, रंग सांवला या काला हो, या मां में कोई शारीरिक कमी हो तो क्यों तुम मां से प्यार नहीं करोगे, सम्मान नहीं करोगे......।' इतना सुनते ही वे शरारती बच्चे फुट फुट कर रोने लगे और शर्मिन्दा होते हुए बोले, 'हमें माफ कर दिजिए सर। अब हम कभी भी किसी को परेशान नहीं करेंगे। आगे से ऐसा नहीं होगा। आप शिशिर सर को दोबारा ले आइए। हम भी उनसे पढ़ना चाहते है। उनकी टीचिंग का फायदा सभी को मिलना चाहिए।' शरारती बच्चों के इस रूप को देखकर मुझे बहुत अच्छा लगा। खैर देर से ही सही लेकिन सभी को शिशिर सर की काबिलियत का एहसास हो गया था। यह मेरे लिए जीवन की सबसे बड़ी खुशी का पल था। अभिषेक सर

ने मुझे शाम को शिशिर सर के घर साथ चलने के लिए कहा। मैं और सर शाम को शिशिर सर के घर पहुंचे।

मेरे साथ अभिषेक सर को देख शिशिर सर काफी प्रसन्न हुए। सुबह को क्लास रूम में हुई सारी बातों को मैंने शिशिर सर को विस्तार से बताया। शिशिर सर पहले थोड़ा झिझके, फिर हमारी गुजारिश और प्रिंसिपल सर द्वारा भेजे गए संदेश को स्वीकार करते हुए आखिकरकार वे दोबारा स्कूल ज्वाइन करने के लिए मान ही गए। उनके हांमी भरते ही मेरा मन खुशी से झूमने लगा। दूसरे दिन शिशिर सर अपने पुराने जोश के साथ स्कूल आए। हमारी क्लास में पहुंचने पर सभी बच्चों ने एक साथ खड़े होकर उनका वेलकम किया। शरारती बच्चों ने उनसे सॉरी कहा। शिशिर सर ने सभी को विश किया और अपने चिरपरिचित अंदाज में मैथ्स पढ़ाने में मग्न हो गए। उनकी टीचिंग का फायदा सभी को मिलने लगा। मुझे बेहद खुशी हो रही थी क्योंकि शिशिर सर कुण्ठा से परे, खुशहाल जीवन जीने लग गए थे। यह मेरे जीवन की सर्वाधिक सुखद अनुभूति थी।

6

बेटे का फर्ज

शहर से कुछ दूरी पर स्थित एक छोटे से गांव में रहता था किशन। स्वभाव से हंसमुख और चंचल किशन गांव में ही एक छोटी सी झोपड़ी में अपने माता पिता के साथ रहता था। ग्याहर साल का किशन झोपड़ी में भी हंसी खुशी अपनी दिनचर्या पूरी करता। घर की माली हालत ठीक नहीं होने से तीसरी कक्षा तक ही पढ़ाई कर पाया। किशन के माता पिता दोनों मजदूरी किया करते थे, कभी कभी किशन भी उनके साथ चला जाया करता। लेकिन किशन को अपनी माता का मजदूरी करना अच्छा नहीं लगता था। इस बारे में वो अपनी मां से कहता कि 'मां तुम मजदूरी के लिए मत जाया करो। मुझे अच्छा नहीं लगता और वैसे तुम्हारी तबियत भी ठीक नहीं रहती।' मां जवाब देती 'अरे! किशना, दोनो मजदूरी नहीं करेंगे तो घर कैसे चलेगा और बीमारी आदि के लिए बचत भी तो रहनी चाहिए, इसलिए तेरे बाउजी के साथ मजदूरी कर दो पैसे जोड़ लेती हूं।' किशन फिर बोला 'पर मां.....! मुझे पंसद नहीं, लेकिन मां मैं और बड़ा हो जाउंगा तो खूब पैसा कमाउंगा, वो भी शहर जाकर। फिर तुम आराम से रहना, मजदूरी छोड़ देना'। अपने बेटे की यह बात सुनकर उसके माता पिता दोनों हंसने लगे। फिर किशन के पिताजी बोले 'देखा, किशन की मां... हमारा बेटा अभी से सयाना हो गया है। बड़ी बड़ी बातें करने लगा है।' बीच में ही किशन बोल पड़ा 'क्यों नहीं बोलूंगा, आखिर मैं आपका बेटा जो हूं। मुझे भी एक अच्छे बेटे की तरह अपना फर्ज निभाना है, आपकी

सेवा करनी है।' किशन की ये बातें सुन पिता को गर्व होने लगा और मां की आंखों से तो आंसू ही छलक पड़े।

दिन बीतते रहे। इसी दौरान, किशन की मां की तबियत दिनों दिन खराब होती चली गई। मजदूरी के लिए जाना भी बन्द हो गया था, और एक दिन गंभीर बीमारी के कारण किशन की मां का निधन हो गया। सभी का बुरा हाल था। सबसे ज्यादा किशन को सदमा लगा। सदा हंसमुख रहने वाला गुमसुम और उदास सा रहने लगा। किशन के पिताजी उसकी यह हालत देखकर बहुत दुःखी होने लगे। वे किशन को समझाने बहलाने की बहुत कोशिश करते पर किशन इस सदमें से उभर नहीं पा रहा था। इसी बीच किशन के पिताजी को विचार आया कि गांव छोड़कर शहर चला जाए। क्यों कि किशन को भी शहर जाने की बड़ी इच्छा रही थी। शायद माहौल बदलने से किशन का मन भी बहल जाएगा। किशन के पिताजी झोपड़ी बेचकर, किशन के साथ हमेशा के लिए शहर चले आए। शहर में, एक छोटा सा कमरा किराए पर लेकर रहने लगे। गांव के माहौल से अलग शहर की चकाचौंध और महानगरीय संस्कृति के बीच धीरे धीरे किशन पुरानी बातों को भूलने लगा। अब उसकी दिनचर्या शहरी जनजीवन के अनुरूप बनने लगी। पिताजी रोजना सुबह काम की तलाश में निकल जाते। किशन कमरे पर ही रहता और पड़ौस के बच्चों के साथ खेलकूद आदि के द्वारा अपना समय व्यतीत करता। पिताजी काफी मशक्कत और दिनभर की मेहनत के बाद, बमुश्किल दो वक्त के खाने के लिए और किराया चुकाने जीतना ही कमा पाते। पिताजी की भागदौड़ और हालत देखकर किशन भी उदास हो जाता था। वह अक्सर अपने पिताजी से कहता कि 'बाउजी, मैं भी आपके साथ मजदूरी के लिए चलता हूं, मैं भी मेहनत करूंगा तो आपको सहारा हो जाएगा और थोड़ी बचत भी हो जाएगी। आपको ज्यादा परेशानी नहीं उठानी पड़ेगी।' लेकिन किशन के पिताजी उसकी बात को टालते हुए उसे मना कर देते थे।

रोजाना की तरह मजदूरी पर निकले किशन के पिताजी देर शाम तक घर पर नहीं लौटे। इस पर किशन को चिंता सी होने लगी। किशन का मन भारी होने लगा। रात हो चली थी पर अभी तक किशन के पिताजी नहीं आए। तभी एक पुलिस वाला मकान के पास, पूछताछ करता हुआ

पहुंचा। पुलिस वाले ने किशन के पिताजी की सड़क दुर्घटना में मृत्यु होने की खबर पड़ौसी को दी। फोटो के आधार पर पहचान करवाई गई। पड़ौसी ने किशन को उसके पिताजी की सड़क दुर्घटना में मौत होने हो जाने के बारे में बताया। इतना सुनते ही किशन जोर जोर से रोने लगा। उसके उपर पहाड़ सा टूट गया। आस पास मौजूद लोगों ने उसे संभाला। किशन का बुरा हाल था। दूसरे दिन सरकारी मदद से उसके पिताजी का अंतिम संस्कार कर दिया गया। किशन कुछ दिन किराए के कमरे में बेसुध रहा। बचत के रूपए भी अब खतम होने लगे थे। कमरे का किराया भी चुकाने को नहीं था। आखिकरकार, मकान मालिक ने भी किराया नहीं देने के कारण उसे कमरे से बाहर निकाल दिया। अब किशन अपने कपड़ो और थोड़ा सा सामान एक थैले में समेटकर वहां से चला गया। शहर की सड़को पर ठोकरे खाते खाते शाम हो गई। रात होने वाली थी। थकहारकर किशन एक सड़क पुल के नीचे बने फुटपाथ पर जाकर बैठ गया। वहां बैठे बैठे उसे अपने माता पिता की याद सताने लगी और वह फफक फफक रोने लगा।

तभी....पीछे से एक आवाज आई। अरे बेटा! तुम रो क्यों रहे हो? किशन ने पीछे मुड़कर देखा तो एक बुजुर्ग खड़ा था। बुजुर्ग किशन के पास आकर बैठ गया और किशन से उसका नाम और रोने का कारण पूछा। किशन ने अपने आंसू पोंछे। किशन ने उस बुजुर्ग को पहले अपना नाम बताया फिर अपनी आपबीती सुनाई। किशन की बातें सुन बुजुर्ग भी दुःखी सा हुआ और उसके सिर पर हाथ फेरते हुए बोला, 'बेटा! तुमने बहुत दुःख देखें है, शायद उपरवाले को यहीं मंजूर था। लेकिन अब रोना छोड़ो और हिम्मत से काम लो।' थोड़ा सा सहज होने पर किशन ने बुजुर्ग से पूछा, 'बाबा आप यहीं फुटपाथ पर रहते हो? आपका कोई अपना नहीं है क्या....? बुजुर्ग ने गहरी सांस लेते हुए उदास मन से कहा, 'हां बेटा, मैं यहीं रहता हूं, इसी फुटपाथ पर। मेरे अपनों ने मुझे छोड़ दिया। अब यही मेरा घर है और यही मेरा आशियाना।'

किशन ने उत्सुक्ता के साथ पूछा, 'बाबा... ऐसा क्या हुआ था आपके साथ जो इस उमर में फुटपाथ पर रहना पड़ रहा है।' बुजुर्ग ने जवाब देते हुए कहा 'बेटा! मेरा भी भरा-भूरा परिवार था। मैं एक सेठजी के

यहां मुनीम था। मेरी धर्मपत्नी ने जीवन भर मेरे हर सुख दुःख में मेरा साथ दिया। मेरे दो बेटे हुए। मेरी हैसियत से बढ़कर उन्हें पढ़ा लिखाकर काबिल बनाया। दोनों की शादी भी अच्छे से की। पर दोनों बहुओं के आने के बाद मेरे बेटे दूर होते चले गए। सात साल पहले मेरी पत्नी का देहान्त हो गया। उसके जाने के बाद मैं और अकेला हो गया। तीन साल पहले मुझे करंट लग गया। जान तो बच गई, लेकिन मेरा एक हाथ सुन्न हो गया। घर पर ही आराम करने लगा। नौकरी भी चली गई। डॉक्टर ने कहा था कि हाथ में हलचल शुरू हो जाएगी, पर कितना समय लगेगा, कह नहीं सकते। एक तरह से लाचार और बेबस सा घर पर ही रहने लगा। मेरी बहुओं को मैं बोझ लगने लगा। उनसे सहा नहीं जाता था। कहां मेरी धर्मपत्नी ने जीवन भर कभी भी उफ् तक नहीं किया और इन बहुओं से खरी खोटी सुनाए बिना रहा नहीं जाता था। बहुओं के कहने में आकर, मेरे बेटों ने मेरा तिरस्कार कर एक वृद्धाश्रम में छोड़ आए। रोने और हताश होने के अलावा मेरे पास कोई चारा नहीं था। थोड़े दिन वहां रहा, पर वहां का महौल मुझे और ज्यादा गमगीन करने लगा। इसलिए मैं वृद्धाश्रम छोड़कर चला आया। बस तब ही से इसी फुटपाथ पर जिन्दगी के दिन बिता रहा हूं। ऊपरवाला जैसा चाहेगा और जब तक चलाएगा, हमें चलना होता है।' बुजुर्ग की बातें सुनकर किशन बोला, 'बाबा आपके साथ बहुत बुरा हुआ, उन्हें ऐसा नहीं करना चाहिए था।' बुजुर्ग ने किशन की बात काटते हुए कहा, 'रात, हो गई है। कुछ खा लो फिर सोना भी हैं।' बुजुर्ग ने अपने पास रखी रोटी सब्जी किशन को खाने के लिए दी। खाना खाने के बाद बुजुर्ग ने अपने थैले से एक चद्दर निकाल कर बिछाई और किशन को उसपर सोने के लिए कहा। दोनों बतियाते हुए सो गए।

दूसरे दिन सुबह बुजुर्ग जल्दी उठ गया। बुजुर्ग ने किशन को जगाते हुए चाय पीने के लिए दी और अपनी दिनचर्या के बारे में बताने लगा। बुजुर्ग बोला, 'बेटा, काम की तलाश में रोजाना निकल जाता हूं, किसी दिन काम मिल जाता है, कभी नहीं मिलता। कमाई भी इतनी ही होती है कि दो वक्त की रोटी का इंतजाम हो जाता है। जिस दिन काम नहीं मिलता, तो उस दिन दानदाताओं से खाने के लिए तो मिल ही जाता है इस शहर में। अभी तो मैं जाता हूं, फिर शाम को मिलते हैं।' अब फुटपाथ

पर रहने के हिसाब से किशन की दिनचर्या बन चुकी थी। बुजुर्ग ने किशन को हिसाब किताब करना, शहर में काम की तलाश करना, मेहनत और मजदूरी करने के तरीके जैसी कई चीजें सिखाईं। जल्द ही किशन शहर के उस माहौल में भी ढल गया। किशन भी रोजाना काम की तलाश में चला जाता। किसी दिन काम मिलता तो कभी खाली हाथ ही लौटना पड़ता। काम के बदले थोड़ा ही दाम मिल पाता। पर किशन इसी से संतुष्ट रहता। हर शाम लौटने के बाद, किशन अपने दिनभर के किस्से बुजुर्ग को बताता था। बुजुर्ग भी किशन की बातें सुनकर, उसे आगे बढ़ने के कई तरीके बताकर उसकी मदद किया करते। एक बार बुजुर्ग देर शाम तक वापिस नहीं लौटा तो किशन चिंतित होने लगा।

लेकिन थोड़ी रात होने पर किशन को बुजुर्ग आता दिखाई दिया। बुजुर्ग दर्द से कहराता हुआ, किशन के पास आकर बैठ गया। किशन ने सहमें से पूछा, 'क्या हुआ बाबा, आप इतना परेशान लग रहे हैं? बुजुर्ग दर्द से कहराते हुए, दम भरते हुए बोला 'कुछ नहीं बेटा, मोटरसाइकिल से टक्कर लग गई थी, सो मैं गिर गया, गिरने से हाथ में चोट लगने से दर्द बैठ गया है। दर्द का मलहम लेकर आया हूं। सोते वक्त लगाने से आराम आ जाएगा।' यह सब देखकर किशन को अच्छा नहीं लग रहा था क्योंकि बुजुर्ग को उसी हाथ में चोट लगी थी जो बिल्कुल ठीक था। थोड़ी देर बाद, बुजुर्ग ने खाने के लिए लाई गई रोटी सब्जी निकाली और खाने के लिए रोटी का निवाला तोड़कर जैसे ही मुंह में डालने लगे, तो हाथ में तेज दर्द होने लगा। इसके कारण निवाला मुंह तक लाने में काफी धिक्कत हो रही थी। इससे बुजुर्ग का दर्द से कहराना बढ़ता ही जा रहा था। यह सब देख किशन व्यथित हो उठा, और उसने बुजुर्ग से कहा, 'रूको बाबा, आपको बहुत दर्द हो रहा है और खाने में भी परेशानी हो रही है। लाओ.... मैं आपको रोटी खिलाता हूं।' बुजुर्ग ने काफी मना किया, पर किशन से रहा नहीं गया, उसने तुरन्त हाथ आगे बढ़ाते हुए, अपने हाथों से बुजुर्ग को रोटी खिलाना शुरू कर दिया। किशन बोला, 'बाबा! आप मेरे पिता समान हो, बल्कि पिता से भी बढ़कर हो। आपने मुझे संभाला है, इस अनजान शहर में जीना सिखाया है। तो क्या मैं आज आपकी तकलीफ में जरा सी भी मदद नहीं कर सकता? मैं आपका बेटा नहीं, पर बेटे जैसा तो हूं। मैं

हमेशा से अपने माता-पिता की सेवा करना चाहता था। अपने बेटे होने का फर्ज निभाना चाहता था लेकिन उपरवाले ने मुझे यह मौका देने से पहले ही उन्हें अपने पास बुला लिया। आज उपरवाले ने मुझे यह अवसर दिया है। इसे मैं अपने माता पिता को समर्पित करते हुए आपकी सेवा कर अपना फर्ज निभाना चाहता हूं। और हां.... जब तक आपका दर्द ठीक नहीं हो जाता, आप आराम करना। मैं काम पर चला जाउंगा।' किशन की यह सब बातें सुनकर बुजुर्ग की आंख भर आई और आंसू छलक पड़े। बुजुर्ग किशन के हाथ को थामते हुए बोला, 'जिस उमर में मुझे मेरे अपने बच्चों से स्नेह और सहारे की उम्मीद थी, उन्होंने पूरी नहीं की। पर आज एक गैर ने मेरे सगे बेटों से भी बढ़कर मुझे प्यार और सम्मान दिया है, मेरे पास तुम्हें देने के लिए तो कुछ नहीं, पर उपरवाले से यह दुआ करता हूं कि तुझे जीवन में हमेशा तरक्की मिले।' खाना खाने के बाद बुजुर्ग और किशन अंतर्मन में असीम खुशी और सुकुन को लिए सो गए। अगले दिन से किशन ने एक अच्छे बेटे का फर्ज निभाना शुरू कर दिया।

7

लकी कण्डैक्टर

'हमारे शरीर में नसों का और जयपुर में मिनी बसों का' बड़ा महत्व है। यह डायलॉग था जयपुर में मिनी बस में कण्डैक्टरी करने वाले राघव का। जयपुर शहर में रेल्वे स्टेशन से हटवाड़ा रूट की मिनी बस में राघव कण्डैक्टर था। वह जलमहल के सामने वाली एक कॉलोनी में छोटे से मकान में अपने परिवार के साथ रहता था। परिवार में मां, छोटी बहन, पत्नी और दो साल का बेटा था। राघव स्वभाव से हंसमुख, ईमानदार और मेहनती था। वह अपने काम को बड़ी शिद्दत के साथ पूरा करता। कॉलोनी में अक्सर लोग राघव को कण्डैक्टर कहकर ही बुलाते, राघव को यह बात अखरती, लेकिन वह इस बात का बुरा नहीं मानता और अनसुना कर देता। राघव पढ़ाई में होशियार था। घर की माली हालत ठीक नहीं थी। फिर भी राजस्थान यूनिवर्सिटी से प्राईवेट बी.ए. की डिग्री प्राप्त की। आगे पढ़ने की चाहत थी लेकिन पिताजी की आकस्मिक मृत्यु के बाद घर की सारी जिम्मेदारियां राघव के कंधों पर आ गईं। राघव के चाचा मिनी बस ड्राइवर थे। उन्होंने अपनी जान पहचान से राघव को मिनी बस में कण्डैक्टर लगवा दिया। बस तभी से शुरू हुआ राघव का रोजना का यह सफर।

राघव हर रोज सुबह घर से चाय पीकर निकल जाता। तयशुदा मिनी बस कॉलोनी में ही रहने वाले ड्राइवर के घर के पास ही खड़ी

रहती। सुबह राघव वहां जाता। ड्राइवर के साथ पहले अपने रूट के स्टार्ट प्वाइंट हटवाड़ा जाते, रूट मालिक से पर्ची बनवाते और फिर शुरू हो जाता... सवारियों को बुलाने, आवजें लगाने का अनन्त सिलसिला। इसके अलावा हर कण्डैक्टर की तरह सवारी से किराया लेना, बस के अन्दर व्यवस्था बनाए रखना और ड्राइवर से नजरों के इशारों के साथ तालमेल बैठाते बस को गंतव्य तक ले जाना। दिन में करीब एक बजे राघव की पत्नी खाना रूट में स्थित रामगढ़ मोड़ पर लेकर आती, वहीं से राघव खाना लेकर आगे निकल जाता। एक दिन में तय रूट पर आने-जाने के लगभग 6 से 8 फेरे हो जाते थे।

राघव अपने काम को बड़ी तन्मयता के साथ करता। पढ़ा लिखा होने के कारण उसके बोलने का लहजा सभी को प्रभावित करता। कभी कभी सवारियों से नोक जोक भी हो जाती, पर राघव किसी न किसी तरह से मामला शांत कर लेता था। कभी कभी रोजना की चिक चिक और शोर शराबे से उसे खिन्नता होने लगती, पर घरवालों के पालन पोषण और रोजमर्रा के खर्चों का ख्याल आते ही वह इन सब बातों को भूल अपने काम में मशगूल हो जाता। मिनी बस के रूट में चांदी की टकसाल पर काले हनुमान जी का प्रसिद्ध मंदिर पड़ता था। राघव सुबह के पहले फेरे में मंदिर के आते ही बस रूकवाकर, भागकर जाकर मंदिर में दर्शन करके आता था। उसे यह विश्वास था कि मंदिर जाने से उसे रोजमर्रा की भाग दौड़ करने की उर्जा और शक्ति मिलती है। यह उसके रोजाना की दिनचर्या थी। बस रूट का अधिकांश हिस्सा शहर के बीच चारदीवारी से होकर निकलता। जयपुर अपनी बसावट और ऐतिहासिक इमारतों के लिए प्रसिद्ध हैं। इसी रूट में विश्व प्रसिद्ध हवामहल भी आता। राघव इस इमारत को हमेशा निहारता और कभी कभी बस में बैठी सवारियों से हवाहमल की खुबसूरती की तारीफ भी कर देता। राघव की कार्यशैली पर ड्राइवर को भी काफी आश्यर्च होता था।

रोजाना की भागदौड़ के बाद भी राघव का काम खत्म नहीं होता। रात को आखिरी फेरा पूरा कर मिनी बस को कॉलोनी में खड़ा किया जाता।

वहां भी राघव को बस के अंदर, साफ सफाई करनी पड़ती। साफ सफाई करने के दौरान राघव को कभी पांच का सिक्का, दस या बीस का नोट, रूमाल जैसी कई चीजें मिल जाती थी। जो कि सवारियों से भूलवश छूट जाती थी। सफाई के दौरान मिलने वाली चीजों, और रूपयों को राघव घरवालों को नहीं देता, बल्कि काले हनुमान जी के मंदिर के बाहर बैठे जरूरतमंद और गरीब लोगों को दान कर देता था। राघव का मानना था कि यह मेहनत की कमाई नहीं है, इसलिए इसका उपयोग स्वयं के लिए न कर गरीबों को दान करना ही उचित है। साफ सफाई करने के बाद, बस लॉक कर चाबी लेकर राघव अपने घर चला जाता। घर जाने के बाद राघव अपनी दिनभर की महत्वपूर्ण बातों को परिवारवालों के साथ साझा करता। साथ ही परिवारजन की बातों को भी पूरी तन्मयता से सुनता, अगर कोई समस्या होती तो उसका समाधान बड़े ही सहजता से करता।

एक दिन रोजाना की तरह बस के फेरे पूरे कर राघव रात को बस की साफ सफाई करने लगा। तभी उसे सफाई के दौरान सीट के नीचे एक बैग नजर आया। राघव ने बैग को उठाया और सीट पर ही बैठकर बैग को खोला। बैग को खोलते ही राघव की आंखे खुली की खुली रह गई। बैग में आठ दस नोटों की गड्डीयां थी। साथ में दो तीन प्रिन्टिंग ब्लॉक भी थे। इतने सारे रूपए देखकर राघव को घबराहट होने लगी, उसे कुछ भी समझ में नहीं आ रहा था। राघव ने अपने आप को संभाला। बस को लॉक किया और बैग लेकर सीधे अपने घर चला गया। घर आकर उसने सारी बातें अपने परिवारवालों को बताई। फिर राघव ने बैग खोलकर नोटों की गड्डियां बाहर निकाली और गिनने लगा। गड्डियों में कुल एक लाख सत्तर हजार रूपए की रकम थी। इतना सारा पैसा एक साथ देखकर सभी के होश उड़ गए। राघव की पत्नी ने दबे स्वर में इन सभी रूपयों को अपने पास रखने और किसी को कुछ भी नहीं बताने की बात कही। लेकिन राघव का मन कुछ और ही गवाही दे रहा था। स्वभाव से ईमानदार राघव कुछ समय के लिए शांत बैठा रहा। थोड़ी देर बाद उसने सभी से कहा, 'हम ऐसा नहीं कर सकते। कल अगर किसी को पता चला या फिर पुलिस हमारे घर तक आ गई तो, जो सुकुन की जिन्दगी जी रहे हैं, वह भी खत्म हो जाएगी। जेल

की हवा भी खानी पड़ सकती है।' राघव की बातें सुन, उसकी पत्नी थोड़ा झल्लाई। लेकिन राघव की बातों पर गौर करने के बाद फैसला राघव पर छोड़ दिया। राघव ने बैग में रखे प्रिन्टिंग ब्लॉक निकाले तो उसके नीचे एक विजिटिंग कार्ड रखा नजर आया। जिस पर फैक्टी का विश्वकर्मा इण्डस्ट्रीयल एरिया का एड्रेस था। राघव को समझते देर नहीं लगी कि यह किसी प्रिन्टिंग व्यवसाय से जुड़े सेठ की अमानतें हैं। उसने सुबह को वहां जाकर इनको लौटाने का फैसला लिया।

अगले दिन सुबह सबसे पहले राघव ने ड्राइवर को बस की चाबी संभलाते हुए छुट्टी पर रहने की बात कही। उसके बाद राघव उन अमानतों को लेकर विजिटिंग कार्ड पर लिखे एड्रेस जाने के लिए रवाना हो गया। लगभग एक घंटे बाद राघव विश्वकर्मा इण्डस्ट्रीयल एरिया में उस एड्रेस पर पहुंचा। राघव ने देखा कि वहां एक बहुत बड़ी प्रिन्टिंग फैक्टी थी। उसने वहां मौजूद गार्ड को सारी बात बताई। गार्ड ने फैक्ट्री में अन्दर सूचना भेजी। अन्दर से बुलावा आने पर गार्ड राघव को अपने साथ फैक्ट्री परिसर में लेकर गया। गार्ड ने वहां मौजूद फैक्ट्री मालिक से राघव का परिचय करवाया। परिचय मिलते ही राघव ने तुरन्त वह बैग मालिक को सुपुर्द कर दिया। मालिक ने बैग में देखा और राघव की ईमानदारी से प्रसन्न होकर अपने साथ केबिन में चलने को कहा। केबिन में मालिक ने राघव का पूरा परिचय लिया। मालिक ने कहा, 'तुम बहुत ईमानदार हो। इतने रूपए मिलने के बाद भी तुम्हारे मन में बेईमानी नहीं आई। सबसे बड़ी बात कि बैग में रखे प्रिन्टिंग ब्लॉक हमारे लिए बहुत कीमती थे। तुम चाहते तो इनको हमारे प्रतिद्वन्दी व्यवसाय वालों को अच्छे दामों में बेच सकते थे, पर तुमने ऐसा नहीं किया। कल हमारा एक कर्मचारी सामान ज्यादा होने के कारण, हड़बड़ी में यह बैग बस में ही भूल गया था। हम पुलिस रिपोर्ट करवाने वाले ही थे कि तुम आ गए।'

मालिक ने राघव की ईमादारी से प्रभावित होकर उससे फैक्ट्री में नौकरी करने के लिए पूछा। राघव ने तपाक से हांमी भर दी। मालिक ने राघव को बधाई देते हुए अगले दिन से ही फैक्ट्री में काम पर आने के लिए कहा। राघव की खुशी का ठिकाना नहीं रहा। वह मन ही मन

में प्रफुल्लित होता रहा। घर पहुंचकर राघव ने अपने परिवारवालों को पूरी बात बतलाई। यह बात सुनकर सभी काफी प्रसन्न हुए। राघव ने अपनी मां के चरण स्पर्श कर आशीर्वाद लिया। उस रोज शाम को राघव परिवार सहित काले हनुमान जी मंदिर में दर्शन करने गया और सभी को सैर सपाटा करवाया। दूसरे दिन राघव तय समय पर अपनी पहली नौकरी के लिए रवाना हुआ। फैक्ट्री में भी राघव मन लगाकर काम करने लगा। समय बीतता गया। राघव की मेहनत और ईमानदारी देखकर मालिक ने जल्द ही उसका प्रमोशन भी कर दिया। अब राघव और उसके परिवार वाले अच्छा जीवन स्तर प्राप्त कर खुशी से रहने लगे। राघव की ईमानदारी के फलस्वरूप मिली नौकरी की बात, पूरी कॉलोनी में चर्चित हो गई। अब लोग उसे कण्डैक्टर नहीं बल्कि "लकी कण्डैक्टर" के नाम से पुकारने लग गए।

8

जीवन की खोज

सुजीत रॉय एक लेखक है। वे अक्सर बाग बगीचों में जाकर अपनी कहानी के लिए नए विषयों की तलाश करते है। उनका मानना है कि बगीचों में फैली हरियाली, शांत वातावरण और पंछियों की आवाजें प्रेरित करती है। अच्छी कहानी के लिए एक अच्छा विषय जरूरी होता है। इसलिए सुजीत रॉय बगीचों में भ्रमण के लिए जाते हैं। उनकी पिछली कई कहानियों के विषय भी यहीं से मिले। एक नए विषय के लिए कुछ दिनों से वे बगीचें में भ्रमण कर रहे थे। एक दिन बगीचें में भ्रमण करते हुए उन्हें एक व्यक्ति विचित्र हरकते करते हुए नजर आया। वह व्यक्ति बगीचे में पेड़ के पास बैठा, आस-पास की चीजों को विस्मयता से निहारता, फिर खड़े होकर आसमान की ओर देखते हुए स्वयं से ही बातें किए जा रहा था। वह काफी देर तक इसी प्रकार की हरकते करता रहा। यह देखकर लेखक को अचरज हुआ। लेखक के मन में कई जिज्ञासाएं उत्पन्न होने लगी। लेखक के मस्तिष्क में कई सवाल उठने लगे। व्याकुलता बढ़ने लगी। तभी उन्होंने बगीचे के माली को बुलाया और उस व्यक्ति के बारे में पूछा। तब माली ने बताया कि वह व्यक्ति तो पड़ोस में ही रहने वाले अभिषेक जी है। लेकिन पिछले एक दो दिन से बगीचे में आकर विचित्र सा व्यवहार कर रहे हैं। माली की बातें सुनकर लेखक की उत्सुकता बढ़ गई और अपनी अनन्त जिज्ञासाओं को शान्त करने के लिए लेखक अभिषेक के नजदीक गया। लेखक ने बड़ी सहजता

से पूछा 'अरे बन्धु, क्या खोज रहे हो तुम?' अभिषेक ने तपाक से पूछा 'आपकी तारीफ...' लेखक ने स्वयं का परिचय देते हुए अपने बारे में बताया। लेकिन अभिषेक ने खास तवज्जों नहीं दी। फिर लेखक ने थोड़े उंचे स्वर में कहा 'मैं तुम्हें यहां कुछ दिनों से परेशान देख रहा हूं...' अभिषेक सकपकाते हुए बोला 'नहीं.. मैं परेशान नहीं हूं। मैं तो बस इस जीवन की खोज कर रहा हूं। जीवन के सत्य की तलाश कर रहा हूं।' लेखक चौंकते हुए बोला 'सत्य की खोज! अरे भई सत्य की खोज करना, आसान काम नहीं होता।' यह सुनकर अभिषेक क्रोधित स्वर में बोला 'आपको कोई परेशानी हैं? मैंने तो यह सोच लिया है कि जीवन भर सत्य की खोज करता रहूंगा। सत्य की खोज करना अब मेरे जीवन का प्रण है..... मेरा संकल्प है।' अभिषेक की स्थिति और तौर तरीके को देखकर लेखक ने उससे प्रश्न पूछा 'अरे बन्धुवर! एक बात बताओं, तुम्हें यह मार्ग सुझाया किसने... जो तुमने इस दिशा में आगे बढ़ने का मन बना लिया?' लेखक का यह प्रश्न सुन अभिषेक थोड़ा प्रफ्फुलित हो उठा और अपने आप में डूबता हुआ जवाब देने लगा 'मुझे मेरे अन्तरज्ञान ने..., जी हां अन्तरज्ञान ने... प्रेरित किया है। इस दिशा में आगे अग्रसर होने के लिए।' यह कहते हुए अभिषेक अन्तरध्यान में मग्न हो गया।

अभिषेक का जवाब सुनकर, लेखक को सारा माजरा समझते देर नहीं लगी कि अभिषेक अपने जीवन मार्ग से भटक गया है और उसकी सहायता करने वाला कोई नहीं है। लेखक ने समझाने की दृष्टि से अभिषेक से कहा 'तुम यह सब छोड़ दो...! तुम जिस तरह से आगे बढ़ रहें हो, वह तरीका कतई सही नहीं। इस मार्ग पर चलने के लिए गुरू का मार्गदर्शन जरूरी होता है। साथ ही गृहस्थ जीवन में रहकर भी जीवन के सच का जाना जा सकता है। तुम इसी तरह जीवन भर सत्य की खोज करते रहोगे तो फिर जियोगे कब..? जीवन को खोजने में तुम्हारी पूरी जिन्दगी ही निकल जाएगी।' लेखक की बातें अभिषेक को खीझ उत्पन्न कर रही थी, तभी उसने झल्लाते हुए लेखक से पूछा- 'क्यों, आप लेखक हो, आप भी तो पूरी जिन्दगी बस सत्य की खोज करते हो। सत्य और जीवन की सच्चाईयों के करीब ही लिखते हो।' लेखक ने बड़े संजीदा तरीके से अभिषेक को जवाब देते हुए कहा 'तुम्हारा कहना लगभग सही

हो सकता है। लेकिन... हम सत्य की खोज नहीं करते। जीवन के रहस्यों को नहीं तलाशते। हम लेखक तो हमारे आस पास जो घटित होता है, जो समाज में हमें दिखाई देता है। बस उसे ही हम अपनी कल्पनाशीलता और लेखनी के माध्यम से कहानी में पिरोते हैं और हम मूल रूप से सकारात्मक संदेश देने का काम करते हैं... पर हम सत्य की खोज नहीं करते।' लेखक का जवाब स्वयं के अनुरूप ना मिलने पर अभिषेक आवेश में आकर बोला 'आप मुझे मेरे मार्ग से भटकाने की कोशिश कर रहे है। मेरा प्रण तोड़ने का प्रयास कर रहे हैं। आप जाइए, मुझे आपके किसी भी उपदेश की जरूरत नहीं' लेखक को अभिषेक की स्थिति देख चिंता हो रही थी। अभिषेक की बातों का लेखक ने बुरा नहीं माना। अपने आप का संभालते हुए, लेखक ने बड़ी विनम्रता से समझाते हुए कहा 'अरे भाई! तुम भले आदमी लगते हो... इसलिए एक नेक सलाह दे रहा हूँ ... इसमें तुम्हारा कोई भला होने वाला नहीं है, जाओ अपने घर परिवार का पालन पोषण करो, उन्हें संभालों। अन्यथा कहीं ऐसा ना हो कि तुम्हें सत्य भी ना मिले और जो तुम्हारे पास है तुम उससे भी हाथ धो बैठो....। यह सुनते ही अभिषेक अत्यधिक क्रोधित हो उठा और लेखक को भला बुरा कहने लगा, और उसे वहां से चले जाने के लिए कहा। लेखक ने गहरी सांस ली और वहां से चला गया। अगले एक दो दिन तक लेखक को अभिषेक बगीचे में नजर आया। लेकिन बाद में दो दिन लगातार अभिषेक के दिखाई नहीं देने पर लेखक ने उसके बारे में जानकारी लेने के लिए बगीचे के माली से पूछा। तब माली ने लेखक को बताया कि अभिषेक जी का मानसिक संतुलन खराब हो गया और चिकित्सालय में उनका इलाज चल रहा है। साथ ही वे शारिरीक दुर्बलता के शिकार भी हो गए हैं। अभिषेक के बारे में सुनकर लेखक को काफी आश्यर्च हुआ, वे स्तब्ध रह गए। कुछ क्षणों तक स्थिर मुद्रा में खड़े रहे। अभिषेक के बारे में सोचते हुए उनका मन दुःखी सा हो गया। लेखक सुजीत रॉय उस दिन बिना भ्रमण किए भारी मन से, बगीचे से वापस अपने घर की ओर लौट गए।

9

एक अंतहीन इंतजार...

बंशीधर जी रोजना रेलवे स्टेशन जाते है। स्टेशन पर ना तो उनकी नौकरी है और ना ही वहां पर वे वेण्डर है। फिर भी स्टेशन जाना इनका रोज का काम है। वे दोपहर 3 बजे आने वाली ट्रेन के आने से पहले स्टेशन पर आ जाते हैं, अपने बेटे को लेने के लिए। वो बेटा जो कभी नहीं आयेगा। बंशीधर जी का इकलौता बेटा पढ़ाई करने के लिए कुछ साल पहले शहर गया था। उनका बेटा सेमेस्टर पूरा ट्रेन से इसी सयम पर आता था। बंशीधर जी अपने बेटे को लेने के लिए हमेशा खुद ही आते थे। लेकिन पिछले साल उनका बेटा नहीं लौटा। क्यों कि पिछले साल एक बस दुर्घटना में कई यात्री जिंदा जल गए थे, उनमें बंशीधर जी का बेटा भी था। शिनाख्त भी नहीं हो पाई थी, उसके डॉक्यूमेंट और निजी चीजों से ही पता चल पाया था। बंशीधर जी यह सुनते ही बेसुध हो गए, उन्हें बिल्कुल भी यकीन नहीं हुआ और सदमें में रहने लगे। तब से अपने बेटे के आने की चाह में रोजना स्टेशन आकर बैठ जाते हैं। घर परिवार वालों ने लाख समझाने की कोशिश की, पर बेसुध पिता इस सदमें से उबर नहीं पाया। अब हर रोज उनकी यही दिनचर्या रहती है।

स्टेशन पर बैठे बैठे टक टकी लगाकर ट्रेन के आने का बेसब्री से इंतजार करते हैं। जैसे ही ट्रेन के आने का पता चलता है बंशीधर जी

की उत्सुकता और बैचेनी बढ़ने सी लग जाती है। ट्रेन के नजदीक आने पर मन में थोड़ी सी उमंग भी जगती है, 'कि आज मेरा बेटा इस ट्रेन से आएगा, तो उसका कान पकड़कर खूब डांटूंगा उसको। और पूछुंगा 'तूने इतना इंतजार क्यों करवाया मुझसे?' ट्रेन के नजदीक आते ही, बंशीधर जी सदी निगाहों से हर डिब्बे को निहारना शुरू कर देते है। ट्रेन के रूकते ही वे अपने बेटे को तलाशते हैं, पूरी ट्रेन पर अपनी नजर दौड़ाते हैं, पर उनका बेटा कहीं पर भी नजर नहीं आता। ट्रेन चलने लगती है, चलती ट्रेन को भी बड़ी कौतूहलता से निहारते हैं पर उनका बेटा कहीं नजर नहीं आता। ट्रेन चली जाती है। हर बार की तरह बंशीधर जी का बेटा आज भी नहीं आया। बंशीधर जी अत्यन्त निराश, उदास हो जाते हैं, कुछ देर तक चिर मुद्रा में बैंच पर बैठे रहते हैं। फिर अपने आप को संभालते हुए, ढांढस बांधते हुए बेमन से घर की ओर चल पड़ते है। उनके मन में बस एक ही विचार रहता है 'कि आज मेरा बेटा नहीं आया तो क्या हुआ? मैं कल फिर आउंगा, शायद कल वो आ जाए।' भारी मन से लौटते हुए भी वे जाते जाते स्टेशन पर आखिरी बार नजर दौड़ाते है, पर उन्हें उनका बेटा नजर नहीं आता। कल फिर स्टेशन आने और अपने बेटे को अपने साथ ले जाने के विचार के साथ वे अपने घर की ओर चल पड़ते हैं। उनका इंतजार ऐसा है जो कभी भी खत्म नहीं होगा। एक अंतहीन इंतजार।

प्रकीर्ण

असफलताओं का मातम किए बिना...
सफलताओं का जश्न मनाए बिना...
निरन्तर अपने मार्ग पर आगे बढ़ते रहना...
सुकुन भरे जीवन का परिचायक है।

धर्मेन्द्र मूलवानी

www.ingramcontent.com/pod-product-compliance
Lightning Source LLC
Chambersburg PA
CBHW031002180726
47993CB00018B/1525

9 798886 410112